Rosario, fuego y vacilón

novela

ERNESTO GONZÁLEZ

Literatura Cubana

Alternativa

Acerca del autor

Ernesto González, escritor cubano, es Licenciado en Información Científica y autor de varias novelas. Ha publicado poemas, cuentos y artículos en revistas locales y electrónicas. Reside en Chicago, donde trabajó como profesor de español en la Universidad East-West y en la escuela de idiomas Cultural Exchange. Fue asesor de la prueba de eficiencia de español creada por Riverside Publishing. Desde hace trece años se desempeña como traductor del periódico *Hoy* del *Chicago Tribune*. El lector puede enviar sus comentarios a: ernestogonzalez33@gmail.com.

Rosario, fuego y vacilón

A los residentes de Hollywood House,
quienes descubrieron, demasiado tarde,
que la rueda de la vida no paraba jamás.

A la memoria de los niños enterrados
en el cementerio para negros Burr Oak, de Chicago,
cuyas tumbas profanaron la miseria moral y material.

Y por supuesto, a Rosario, que sabía vacilar.

Primera Parte

Rosario

añoranzas

los que se fueron lloran, igual que los que están,
los que se van añoran, los que se quedan, más.

Carlos Varela

Rosario murió. El segundo marcapasos no le funcionó como esperaba el médico. Quizás. Ya no estoy segura de nada. No puedo estarlo. ¿Será verdad que la vigilaban unos tipos en carro por su barrio y la acosaban por teléfono como me decía? Si alguien te persigue es para conquistar y poseer tu cuerpo maravilloso, mi amiga, no hay una negra como tú en Chicago y pocas blancas con esa cinturita quinceañera, encima eres una cubanaza, ¿por qué iba a seguirte nadie?, ¿no serán vendedores de drogas o mafiosos en lo suyo? ¿No estarás un poco paranoide? ¿Amenazas por tu email?, basura electrónica, a todos nos llega, ¿no te acuerdas del correo que recibí de un supuesto oficial del FBI pidiéndome mis datos personales? Le contesté aterrorizada que no podía dárselos si no era en persona, con su identificación previa, y casi le pedí perdón por entrar a los webs cubanos de música, a ver una telenovela o a escuchar Radio Reloj, ¿te acuerdas qué diarreas tuve?, tranquila, mi negra, tranquila, ven, dame un abrazo.

Esto es distinto, Sary, lo presiento.

En nuestra amistad de cuarenta años, primera vez que la veía insegura, y eso me ha obligado a preguntarme, hasta el día de hoy, cuánto de verdad hay en el certificado de defunción firmado por el forense. Me enteré de su muerte, por casualidad, como son las cosas en este país, pero su dirección sigue en mi lista de contactos como si fuera a recibir uno de sus «teques» virtuales en cualquier momento: Sary, es increíble que vivamos en la misma ciudad y nos veamos tan poco, no me llames, no quiero hablar por teléfono, no resisto esa pegadera al bejuco telefónico, ni me mandes emails, quiero verte, hablar como la gente normal, de tú a tú.

Rosario no se acostumbraba a este estilo de vida ni por las comodidades ni por las compras, a veces era cínica. Si nos reuníamos en medio del invierno, se despedía con una indirecta: Hasta el verano, mi amiga, te veo en el Summer Dance. Tú eres soltera y no trabajas, le contestaba, tú única preocupación es Mío, que ni siquiera es hijo tuyo, no te quejes tanto. No, si no me quejo, sólo tengo ganas de verte, y soltaba acentuando el cinismo: Te veo en el verano, mi amiga.

El Summer Dance era la cita obligada de verano para los hispanos de la ciudad, en un parquecito de la Avenida Michigan, donde nos movíamos al son de la música latina, nombre de un secuestro sin fin que odiábamos hasta donde era posible. La orquesta de Maraca había tocado en el pequeño escenario al aire libre, para cambiarle el ritmo a los bailadores y deslumbrar a los críticos del Tribune y de los periódicos locales. Eso ya era pasado, no les daban permiso para entrar en Estados Unidos. Los veranos siguientes se presentaron grupitos que siempre incluían en sus nombres las palabras Cuba o Havana con v, para mercadearse mejor. De cualquier manera acudíamos en masa al Summer Dance, a movernos al ritmo de una música que jamás iba a sonar como la creada e interpretada por los músicos de la Isla, sino con el peso del infinito invierno del Medio Oeste en sus notas.

Te veré al comienzo de la primavera, me había dicho Rosario en enero pasado, después que celebramos juntas, con nuestro grupo de cubanos congelados, la Navidad y el fin de año. Te tengo que ver enseguida Sary, me pidió a los dos días en un email clasificado de urgente: A Mío se lo llevan para la guerra, tenemos que hablar, los santos me han dicho que no va a salir nada bueno de esto. No he podido convencerlo para que no se presente, ese negro no cree ni en la madre que lo parió, tú lo sabes, por favor, llámalo y trata de hablar con él, tú eres convincente. Me eché a reír al leer la frase. ¿Yo soy convincente? Tenía que haberle contestado que si mi labia era cierta, ella sin embargo convencía con su presencia, con su vida, desde que éramos pepillas y nos íbamos a pasear por La Rampa y por el Malecón los sábados por la noche, de no haber alguna fiesta en el barrio, y la mayoría de los domingos por la tarde. Desde entonces, Rosario convencía con esa libertad suya, contagiosa. Nunca la vi llorando después de terminar con un novio, ni triste por la falta de pintura de uñas ni de sombras para los ojos. Ni siquiera por carecer de dinero para arreglarse el pelo: Mi amiga, por suerte mis pasitas no son muy rebeldes, no me perderé ese fiestón por nada del mundo, no me importan los comentarios de la gente, me cago en eso.

Llamé a Mío. Un negro cubanazo nacido en Chicago, que adoraba a su tía. No contestó el celular, me lo sospechaba. Se sabe de la escasez de hombres en esta ciudad, y cuán solicitados están si son de esos que siguen abrazados a una, pasándonos sus dedos enormes por el pelo, acariciándonos los senos, las caderas y el cuello, luego de haber hecho el amor largamente también. Un cubano sin apuro para la intimidad, aquí es una joya urbana, y me ha dado por pensar que Mío es así. Me contestó el tercer mensaje, con una disculpa prolongada, cariñoso como siempre. De vernos, nada. No podía. La semana siguiente ingresaba en una base aérea de Texas e iba a estar complicado hasta entonces. Ya me despedí de tía, me aclaró, y desistí. Si Mío se había despedido de Rosario, era porque había puesto punto final a todas las despedidas. Los días restantes estarían dedicados a sus mujeres, a paliar las frustraciones femeninas en una urbe sedienta de hombres con paciencia para el amor. Lo siento, Sary, le expliqué a tía que no debía preocuparse, le voy a escribir en cuanto pueda, y a ti, seguro. Bueno, cuídate mucho, Mío, mira que de los buenos quedamos pocos. Sí, sí, me respondió con esa risa suya, auténtica y encantadora.

Hubiera querido recordarle que muchas esperaríamos su regreso. Sus mujeres, las primeras, enojadas porque se habían quedado sin esas caricias lentas, infinitas, de sus dedos de negro cubanazo, su tía porque era una amiga entregada, y yo, porque de tanto querer a Rosario había tenido que querer a Mío como si fuera mío. Mis hijos se habían cansado de que lo citara como ejemplo de cubanazo que ni siquiera conocía la Isla. Cuídate mucho Mío, le insistí.

No voy a tocar la dirección del correo electrónico de Rosario, la voy a dejar ahí, no de recuerdo, como se dice en Cuba, sino porque es una suerte de presencia. Todavía no creo que mi negra querida se haya ido. ¿Dónde carajo voy a hallar una amiga tan fiel y única, tan en contra de lo que una ha estado viendo y siendo siempre? Me aterraba oírla: Las mujeres no somos fuertes porque creemos controlar a los hombres, al contrario, en nuestra aparente indiferencia está la verdadera fuerza, en nuestra indolencia, en la manera de aceptar la derrota diaria está incluido nuestro triunfo definitivo, ese es uno de los secretos, y te lo juro, es eficaz. Ay, no jodas, le respondía a sus rarezas, como están las mujeres hoy en día, hay que permanecer en pie de lucha y plantar si una huele algo raro. Sary, por favor, eso no es jabón que se gasta.

¿De dónde sacaba Rosario esas ideas? A veces no sonaba femenina, me desorientaba. Era un reto estar con ella, su consigna de «eso no es jabón que se gasta», me irritaba. ¿O era que en Cuba lo decíamos con facilidad y no me acordaba? ¿Por qué «eso» había dejado de ser jabón en el exilio? ¿Debido al paso del tiempo, a la gordura, al cielo cerrado de nubes y al anochecer que aterriza a las cinco de la tarde, a la gente que detesta el roce o el contacto casual en un elevador o en un pasillo, al silencio inacabable de los extraños, ignorantes de que no lo son, al aislamiento confundido con privacidad? Rosario era un reto constante, lo cual, es raro, me unía a ella. ¿Dónde coño podré hallar una negra tan profundamente amiga como incomprensible, tan segura y acogedora, tan tibia y cáustica a la vez?

Su «marinovio» la encontró muerta en el sótano donde vivía. Es la versión oficial. Sola y muerta en ese sótano. Es presagioso estar enfermo del corazón y vivir en un sótano de Chicago. Los sótanos están mejor resguardados del frío. En invierno son protectores, en verano frescos. Eso dicen y debe ser verdad. Rosario hubiera estado mejor resguardada si su marido hubiera vivido con ella. No resguardada de la muerte, que se aproxima y llega sin remedio a la hora indicada. Ni siquiera creo que el tipo hubiera tenido tiempo de marcar los tres dígitos del número de emergencia; sin embargo, mi amiga hubiera podido tocar a su marido, al sentirse mal, al presentir la ida, y hubiera sentido su piel durante esos segundos de terrores. Tocar o presentir la cercanía de la piel de su hombre, puede convertir en gloriosa la muerte de cualquier mujer, por terrible e inesperada que sea.

El tipo no es ningún «papirrico» ni ninguna lumbrera. Es sencillo, como fueron los hombres de mi amiga. Trabaja en una escuela pública, en mantenimiento. Es bueno en eso, me confesó Rosario, da buen mantenimiento, pero los años lo inclinan hacia las titis, lo han visto en la escuela, a algunas les gustan los cubanos medio viejos. Eso es extraño, mi amiga, le contesté, los jóvenes en este país no quieren saber nada de arrugas ni de años, a un cuarentón durísimo, de esos que nos arrebataban en Cuba, lo consideran un anciano. Lo sé, aun así lo han visto, me lo han contado y eso no tiene remedio, no lo quiero en mi casa, estoy encantada de la vida, René viene, me visita y se va, es perfecto, te lo aseguro. Rosario, estás sola. Bueno, estaré sola, no desolada. Mi amiga, no lo niegues, no debes negar la realidad. Te lo juro, Sary, no me siento mal ni nada de eso, y además, una se muere sola, rodeada de familia, de gente, una se muere sola, ¿quién va a acompañarte a esa hora?, no, él viene, se queda a dormir si quiere y se va por la mañana, sin compromiso de cocinarle ni lavarle.

Qué cacho de negra rara eras, mi amiga. Qué grande sería la paz, la libertad que habías conquistado. No querer compromiso suena muy raro en una cubana, qué pensar de ti. Moriste sola, como todos nos vamos a morir, tal vez menos sola de lo que nos hemos creído, no sé si por tus orischas o por tu aché. Estoy convencida: tu partida no fue lo atroz que nos hemos imaginado. No lo merecías, y la vida no es injusta, no puede serlo con mujeres como tú. Ese es el lema de la gente para justificar su avaricia y sacar partido de los demás. Juraría que tu muerte fue dulce, como estabas convencida de que iba a ser. Como, finalmente, me convenciste de que podía ser la muerte.

Del fallecimiento de mi querida negra me enteré varias semanas después de haber ocurrido. No había contestado a mis correos, pero eso pasaba incluso con ella, no era de extrañar. Nadie me avisó de la muerte de mi negra, me enteré de casualidad, en una fiesta. ¿Y Rosario?, ¿no va a venir?, se iba para Brasil, ¿al fin fue? Rosario murió hace un mes, ¿nadie te llamó? ¿Que Rosario murió? ¿Nadie te lo dijo?, ¿en serio? No lo puedo creer, ¿a ninguno de ustedes le pasó por la mente la idea de llamarme?, ¿se han vuelto tan hijos de puta? Ay, Sara, por favor, tú conoces a la hermana de Rosario. De todas formas no te perdiste nada, la quemó y ya.

Empecé a llorar, y a los pocos segundos se me escaparon unas carcajadas. La incineración de mi hermana me recordó la bola que se corrió en la secundaria a la muerte de Indira Gandhi. Los viejos cubanos de Chicago juraban que la habían quemado viva, como había que hacer con Fidel. La noticia de que a un jefe de estado lo habían amarrado a un palo y le habían prendido candela, en mil novecientos ochenta y cuatro, nos dejó paralizadas. Como la unanimidad sobre la validez de la noticia y su aplicación al dirigente cubano eran absolutas, le preguntamos a la maestra. Esos son países de costumbres bárbaras, extremistas y decadentes, nos explicó, es de esperarse que le den candela a la gente. La imagen de Rosario y yo paradas delante del buró de nuestra profesora de secundaria, me hizo reír. Mi marido me abrazó, y los cubanos me miraban como si me hubiera contagiado del mood swings tan de moda, el síndrome de los estados de ánimo opuestos, transformado en una de las causas glamorosas para visitar al psicoanalista.

Estábamos en una de esas fiestas donde conjuramos el calor de la Isla mediante canciones, bailes y chismes, donde acostumbramos a contemplar y celebrar el guaguancó que baila el Prieto, marido de Fátima, que no es prieto sino moro, etiqueta cubana con sabor a hombre o mujer de carnes duras, casi desde la misma entonación de esa palabra que vacila innecesariamente entre el adjetivo y el nombre. Un moro o mora de carnes fláccidas era impensable, ni siquiera bajo las condiciones aplastantes del frío, el viento que lo multiplica y las noches de invierno que aterrizan casi detrás del mediodía. Todas contemplábamos las sacudidas y las parálisis de los hombros y de la cintura del Prieto, de reojo o con desfachatez. Fátima parecía haberse adaptado a que le vacilaran al marido en una o mil formas; vacilón que incluía a mexicanas, puertorriqueñas, ecuatorianas, colombianas y hasta a dos maricones cubanos que no se perdían una fiesta del grupo si se enteraban de la probable asistencia del Prieto. ¿Quiénes van a la fiesta?, averiguaban, ah, Fátima va, qué bueno, a mí me encanta. A mí también, she is so funny, we love her. Sí, lo sé, repetía yo mirándolos con incredulidad, she is really, really funny. Mentira, los muy caraduras iban a la fiesta por el Prieto, ni miraban y apenas hablaban con Fátima. Los saludos, el abrazo prolongado del Prieto, y su sabor, les transmitía una calidez diferente, genuina, a la cual no estaban acostumbrados, además de sentir su cuerpo moro, rocoso. Un abrazo del Prieto bien valía una fiesta.

Al oír la apertura insinuante del guaguancó, las piernas y la cintura del marido de Fátima empezaban a vibrar y a dejarse llevar por los tambores, con vida propia, donde estuviera en ese instante. Sentado o de pie, hablando o escuchando, el Prieto sentía la voz y el ritmo insinuantes, sacaba su pañuelo blanco y se lo ponía en la boca, y cualquier cubana presente lo seguía hacia el centro de la sala. En esos instantes Fátima siempre echaba una mirada por los alrededores, muy calmada, como una advertencia disimulada. El Prieto es mi marido y se va conmigo aunque me lo vacilen, y dormirá conmigo hoy, las noches de este invierno y las de la primavera, y sudará en nuestra intimidad el verano próximo y todos los demás. No me importa que se haya empatado con una mexicana y esté arrebatado con la hija que no le puedo parir, tampoco me preocupa si creen que no lo sé, o estén seguras de que lo sé y lo aguante. Y no me interesa verlo sin trabajo fijo, nunca lo ha tenido ni lo tendrá, se gana sus centavos pintando paredes o haciendo trabajitos de carpintería y plomería por su cuenta, y respondo por sus necesidades, para eso es el hombre de mi vida. A nadie le importa lo que hay entre él y yo, nos aclaraba el silencioso desafío de Fátima, evidente cuando la mexicana le exigió el reconocimiento paternal de su hija y el Departamento de Familias de Evanston, el suburbio donde viven, le pasó una comunicación al Prieto para exigirle los pagos adeudados y una mensualidad hasta la mayoría de edad de la niña. Entonces hablaría con nosotras, una a una, para describirnos cómo él le había pedido perdón de rodillas. ¿Le importaba o no a Fátima lo que pensábamos las demás?

Rosario la insultó: Cágate en la gente, no comas mierda y vive como te dé la gana, a nadie le importa un carajo lo que haces con tu dinero y con tu vida, no te frustres, eso es lo peor que puede pasarle a una mujer.

Rosario reaccionaba con acidez ante la pose de víctima de una de nosotras, se ponía las chancletas, sus cutaras, como las llamaba, y dejaba de ser la negra fina de inglés exquisito que conocíamos. En esos momentos no había quien la parara. Metía miedo ese contraste de mi negra, feminista extraña porque añoraba los piropos de las calles cubanas, que un hombre la dejara pasar delante o le abriera la puerta del carro y le tendiera la mano. En una de esas circunstancias, era placentero contemplar su sonrisa de satisfacción. Irradiaba complacencia, felicidad. Todas, incluidos los dos maricones cubanos del grupo, hemos soñado con un amanecer menos frío, acompañado de ese prieto marido de Fátima, que es moro, ríe tanto, nos besa y nos abraza con un saludo distinto, como diseñado especialmente para cada una de nosotras, y encima de eso baila el mejor guaguancó imaginable por debajo de cero grado Farenheith. Todas hemos fantaseado con el Prieto. Algunas demasiado, ha de decirse, como la pareja formada por Carlucho y Manuel: embarran de baba los hombros del Prieto al abrazarlo y los ojos se les viran y hasta se les ponen en blanco.

La afectividad, la energía franca y abarcadora del Prieto es demasiada, la verdad, para comer y para llevar.

Durante una de las alertas visuales de Fátima ante la rumba iniciada por su marido, pregunté por Rosario, quien acostumbraba a llegar tarde a las fiestas. Y me enteré: su hermana la había quemado y ya. ¿De qué hubiera valido discutir con los cubanos por no haberme avisado de la muerte de mi negra? Fátima había sido operada de cáncer y estaba bajo tratamiento de quimioterapia, los demás tenemos cientos de problemas, incluidas la gordura y la depresión, aceptadas como dos reglas insobornables de esta ciudad, quizás de este país joven e incapaz de separar tiempo y ganancias por un rato, y permitir el espacio silencioso, el intervalo apartado de la vida donde único puede ocurrir la fusión real de dos cuerpos deseosos. Fisión, rectificaba mi negra, vacilón atómico añorado, ¿quién se acuerda de eso?

¿De qué valía discutir? No hay tiempo para los muertos, si apenas lo hay para los vivos. A mi amiga la habían quemado y ya. Se me pasó el recuerdo de Indira, la quemada viva, y se me deslizaron incontables lágrimas. Solté el abrazo de mi marido y corrí al baño a secármelas. De regreso, me incorporé a bailar el siguiente guaguancó con el Prieto, ese transmisor de calor y de vida, ese provocador de fantasías en todas nosotras, mariconas, maricones o no.

En Chicago nadie habla de enfermedades ni de muertos. Tampoco yo, lo he aprendido en estos treinta años. A los enfermos les enviamos flores y una tarjeta cariñosa, y a los muertos los queman y los despachan hacia Cuba donde, se comenta, los han confundido con sopas rápidas, los han hervido y se los han comido mojados con pan. Eso dicen, no sé si es un infundio de quienes se pasan la vida hablando mierdas sobre Cuba. En esta ciudad nadie habla de los muertos ni de los enfermos, cada uno vive como puede y se muere cuando le toca, tan solo como vivió. Rodeado de personas a quienes denomina familia o de las llamadas ocasionales de esos a quienes hemos catalogado de amigos. Nadie habla de los muertos, después de enterrados o enviados para Cuba en cajitas de sopa rápida, o en ánforas, como se hace ahora con permiso para volar. Nadie vuelve a mencionarlos, si casi no hay tiempo para los vivos, cómo carajo va a haberlo para los muertos. De cualquier forma, Rosario no hubiera querido un velorio como el de mi padre.

Porque te conozco como si te hubiera parido, sé que jamás te hubiera gustado un velorio así, mi amiga, por eso en el fondo me alegro de que te hayan quemado, aunque no vivita y coleando como nos habían dicho de Indira.

El día del velorio de mi padre estuviste junto a mí desde el amanecer, me ayudaste hasta en los detalles mínimos en la funeraria, la atención a la gente y la organización del entierro. Sin embargo, no estabas obligada, tu presencia siempre había sido suficiente para suavizar los encontronazos con mi marido, hacer consciente mi control enfermizo sobre los demás y contribuir a sobrellevar el dolor por la muerte de mi madre. Ese matriarcado tuyo es asfixiante, Sary, repetías, suelta a tus hijos, deja en paz a tu marido, ¿no puedes estar contigo misma? Tus palabras, tu presencia, acabaron por eliminar las broncas con mis hijos tras quince años de incomprensión y jaleos. Mediaste en silencio para que encontráramos un terreno común, oculto y accesible para los tres. Tú, impedida de parir, nos mostrabas la libertad que debía hacer ondear una madre, el balance justo, el punto medio entre proteger y permitir, y celebrar el crecimiento de esos seres a quienes uno arroja en la vida sin poder advertirles. En cualquier situación dura, ahí estabas tú para escuchar mis quejas, abrazarme y secarme las lágrimas: Hay que tomar la vida como viene, Sary, aceptarla, eso te coloca por encima de ella, de lo contrario te pasa por arriba, te aplasta, te hace mierda y sigue como si nada.

Mi negra, era una bendición saber que estabas entre las paredes de la funeraria repartiendo saludos, o en una esquina conversando con mi hermana y mis hijos, con los amigos que vinieron, hasta con los evangélicos que capturaron a mi padre durante sus meses finales de vida, no tan hipócritas como los que nos envolvieron a mí y a mi marido, si bien en el fondo igual de dañinos e ignorantes.

Los evangélicos se movían de grupo en grupo, entregando octavillas y recalcando en voz alta, como si fuéramos sordos o no quisieran que escapara una sola de sus probables ovejas, una versión especial del mensaje salvador de Jesucristo. Los cubanazos recalcitrantes, y sus mujeres, novias o queridas, al descubrir la táctica, se fugaban en masa del velatorio hacia el pequeño portal y el jardín donde había un frío del carajo, presuntamente a fumar.

Tú me acompañaste a soportar los llamados a aceptar esa salvación excluyente y enjuiciadora que reprime y martiriza al cuerpo, desprecia a las mujeres que no desean parir, a los gays y a quienes tuvieran diferentes interpretaciones de Dios a la proclamada por ellos. Siempre te asombró la incapacidad de aceptación de caminos múltiples, y hasta aparentemente opuestos, para conocer ese estado superior del ser humano al cual todos tenemos derecho desde nuestra cultura particular, desde la posición que ocupemos en este planeta desgraciado. Trata de no juzgarlos, Sary, a pesar del daño que intentaron hacerte, quizás eso funcione para cierto tipo de personas, ¿quiénes somos nosotros para saberlo?, sus razones habrá, no alcanzamos a entenderlas.

Una de las voceras de esa salvación peculiar reservada a unos escogidos, se paró frente a la caja a testimoniar cómo el muerto había abandonado su vida pecadora y había aceptado a Jesús en su corazón, durante sus últimos días en esta tierra. La vocera testimoniaba a grito pelado la beatitud final de mi padre, mientras sus acompañantes la reafirmaban con unos aleluyas atronadores y otros cubanazos preferían soportar el frío del portal o bajaban al sótano de la funeraria a tomar café y comer dulces. Quizás mi padre descubrió por sí mismo, enfrentado a su enfermedad, al desenlace cercano, lo que habían creído inculcarle esos doctores del evangelio, cazadores de ovejas en los barrios pobres, entre las gentes frustradas, en la ignorancia. Quizás, para mi padre, ya no había contradicción fundamental en aceptar a Jesús y masturbarse mirando las películas pornográficas alquiladas por mi hijo especialmente para su abuelo, o a costa del culo de la enfermera enviada por el Medicaid. Quizás mi viejo disolvía el concepto de pecador, inculcado por sus evangelizadores, mientras intuía cierta verdad detrás de la seguidilla de miedos: sin pecado no hay pecador ni iglesia salvadora. Sin esa concepción del pecado, asesina de la vida, no podrían engañar, imponerse y aprovecharse de los miedos de nadie. La masturbación de mi padre moribundo ocupaba un lugar en esa escala de la evolución humana donde se podía ascender o bajar de un tirón, en un segundo, con absoluta libertad, donde el odio y la opresión eran los verdaderos carentes de nicho. Eso lo comprendí gracias a ti, mi negra querida, y no porque me maravillaras con tus conocimientos y tu inglés exquisito, sino porque me lo mostró el rastro dejado por tu vida, esa ola con derrotero firme, diáfano, tu espuma despaciosa en vías de disolución en el océano.

En definitiva, y a pesar del «éxito» del funeral y del entierro, como aseguró la evangelizadora gritona, no hubieras querido para ti esos rituales, mi amiga. Nunca te hubiera gustado tener un velorio en el cual se contara la historia de tu vida. No te cansabas de repetir que los cubanos nos creíamos el ombligo del mundo, que tu vida, la vida del más enriquecido de los exiliados, no significaba tanto como creíamos.

Esa oposición «democrática», que se cree la llama del futuro, va a desbandarse por falta de audiencia en cuanto desembarquen en la Isla, Paulina Rubio y Jennifer López, las McDonald y la Internet real, de la cual no se habla, la de los cinco billones de dólares en el negocio de la pornografía y de los artefactos y productos para acrecentar la satisfacción sexual, y Facebook con las fotos de sutanita con su perro y melgarejo con su auto recién comprado, la de una enciclopedia creada por la «libertad de expresión» donde cada cual escribe lo que le place o le reporte ganancias a través de la manipulación o el engaño descarado, la de las conspiraciones reales o no, la de los disidentes vividores junto a los honestos. Y seguías: ¿Quién se atreve a desafiar la democracia? A Soshenilzen le cancelaron una entrevista después de años sin comparecer en público, porque no había audiencia, a la mayoría de la gente no le interesa el pasado ni la democracia, ni los defensores de los derechos humanos, sino las play stations sobre vampiros, guerras y defensores gloriosos del bien, y las infinitas secuelas fílmicas del hombre araña o sus sucedáneos. ¿Quién es el Soshenilzen ese?, te pregunté. Un disidente como Payá, el del Proyecto Varela. ¿Y qué proyecto es ese? Ay, Sary, deja de vigilarle un poco el rabo a tu marido y ponle atención a la realidad, por favor, tú no estás p'allá ni pacá, chica.

Ahora, después de la muerte de su autor y de un entierro sonado, los estudiantes rusos de secundaria están oficialmente obligados a leerse El archipiélago Gulag, para recordar los horrores del estalinismo, aunque sin olvidarse de sus play stations, Facebook y las demás, y sin darse cuenta de que les están vendiendo gato por liebre. Ya no se necesitan campos de trabajo forzado en Siberia ni unidades de ayuda a la producción en Camagüey, porque el planeta entero se está convirtiendo en una infinita jaula bajo las hermosas denominaciones de libertad y democracia. La replicación de la ignorancia al margen de la realidad, la creencia en las palabras en vez de los hechos, la imitación, la repetición de frases que sustituyen y dominan la existencia, la proclamación del placer como único objetivo de la vida, el entierro imposible del dolor y de la angustia en vez de su reconocimiento y digestión, las distracciones creadas por las camarillas corporativas, están construyendo esta gigantesca prisión de la cual no hay escape aparente, y para rematar, le han puesto el nombre de felicidad.

Mi amiga, estás «pasá», te repetía, dame tiempo para procesar esto, es mucho para un solo corazón, estás «pasá de rosca».

Mi negra se hubiera puesto en candela, peor que la pobre Indira, o se hubiera revuelto en la caja, si le hubiéramos organizado un velorio como el de mi padre, donde se contara la historia de su vida.

Mi hijo buscó y contrató al tipo con su laptop, le dimos las fotos, las escaneó e hizo las dispositivas. "La historia de mi vida", rezaba un letrero grande en una esquina, pintado por mi hijo pintó en cartulina blanca y letras negras, a un extremo de la caja donde yacía el historiado con las manos cruzadas sobre el pecho en falsa pose beatífica. Quienes de sobra sabíamos que había sido mitad bueno y la otra mitad malditamente tenebroso, nos callamos, pues se trataba en definitiva de su velorio, de mi padre.

Las dispositivas empiezan a proyectarse con un fondo musical cubano, Clara y Mario, adorados por mi padre a pesar de la sobrada y sabida mariconería de Mario. Lo último en tecnología al servicio de los difuntos, de sus historias. Las fotos de Cuba. Las de sus amigos del barrio. La de Chano con Nenita en el portal. Las de su boda con mi madre. Las de sus hijas pequeñas. Las de la familia con los vecinos. La última foto en Cuba. Así dice el letrero, en inglés y español, antes de que aparezcamos mi hermana y yo con la indumentaria y los pelados del año setenta, el de los diez millones. El sol, las mangas cortas, tanto brillo. Gente en chancletas, conversando, tocándose o sentada en los portales, es increíble haber vivido rodeados de tanto resplandor, de tanta luz en el aire. A los que nos gusta comprar y acumular, no nos interesa la luz del aire: es gratis y se desperdicia. ¿Qué valor tiene lo que no podemos mostrar como nuestro, si lo puede compartir todo el mundo? En Miami la gente paga por el sol. Es un dicho de los cubanazos de Florida, de quienes alquilan cadenas de oro el día anterior a montarse en el avión hacia La Habana. Pagar por el sol es una de las pocas verdades mencionadas en ese pueblo con una interminable apetencia de glamour.

Siguen las fotos. El exilio en Chicago, los abrigos, los días nublados, una cerveza en la mano, una cadena de oro, o dos, el carro y nosotras con las gangarrias, los vestidos y zapatos que habíamos deseado y ahora poseíamos y ostentábamos. Viene la primera casa que compraron mis padres a través de un programa especial para compradores primerizos, nadie nos leyó las cláusulas en letra pequeña que nos arrastraron a la bancarrota. Los abrigos, los días nublados. Las vacaciones en Miami Beach, el sol, una cerveza o dos. El sol de Cuba, aunque no idéntico, se paga por él. Siguen las fotos. La segunda casa. Mi hermana y yo hemos aprendido inglés, ella mejor, es la intelectual de la familia, nadie nos va a poder engañar, si bien volvieron a intentarlo, volverán a intentarlo siempre, pues de eso se trata. Siguen proyectándose las fotos convertidas en diapositivas, con sus explicaciones. La fiesta del Open House para inaugurar la residencia, con la familia y las amistades. Las bodas de sus dos hijas, los abrigos, los días nublados, la cerveza Modelo, las quesadillas y los burritos, la mitad de Chicago se ha vuelto mexicana. Las Mañanitas junto a Celia Cruz, Willie Chirino y Miami Sound Machine. El bautizo de los nietos, los abrigos, los días nublados y las tormentas de nieve, las bodas de los nietos, la gordura de todos, la depresión inconfesable de la mayoría. La computadora nos proyecta en la pantalla, a un lado del cadáver de mi padre, debajo del letrero "La historia de mi vida", en inglés y español, y me pregunto si queda algo de esas personas. Mi madre muere primero, de un cáncer descubierto al mes del ataque a las torres gemelas, tal vez acelerado por el aire que respiró esos días en Nueva York, esa mala puntería suya de habérsele ocurrido ir a ayudar a mi hermana recién parida, se quedó trabada en la Gran Manzana hasta que la fui a buscar en el carro. Hay varias fotos con el balón de gas y la expresión perdida de Nena, mi madre. A alguien se le han escapado esas imágenes. Alguien, sin querer, le dio esas fotos al tipo que escaneó la historia de la vida de mi padre, seguro fue uno de mis hijos.

Se sabe cuán descuidados son los jóvenes, han crecido escuchando que viven en un país libre, ¿cómo van a poder cuestionarse por qué se pasan la vida corriendo y carecen de tiempo? Tiempo es sinónimo de dinero. La libertad es una caza constante de dinero. ¿Cómo coño se puede ser joven sin disponer de tiempo?, ¿cómo coño se puede vivir bien con este correcorre? ¿Quién inventó esa historia de la buena vida veloz?

Es imperdonable, se siguen proyectando esas fotos de mi madre con su expresión perdida, acompañada por el balón de gas, y no se puede hacer nada, la computadora repite la historia continuamente, habría que pararla y mi hermana no va a estar de acuerdo, la gente sigue llegando. Salen a fumar al portalito o bajan al sótano de la funeraria a tomar café y comer dulces, si los evangelistas los joden, o simplemente porque están aburridos de contemplar "La historia de mi vida".

A partir de la última foto de mi padre con mi madre, él se ve cada vez más triste, más solo aun rodeado de hijos y de nietos. Hasta que aparece una imagen suya también con el balón de gas, en qué mierda estaba pensando mi hijo al escanear las fotos y dárselas al tipo de la laptop. Ahí está el resto de la familia, arropada por abrigos, aplastada por los días nublados. Sin deseos de vivir, mi padre se ve muerto. Sin embargo, le quedaban fuerzas para masturbarse mirando las películas y las revistas pornográficas que a escondidas le compraba mi hijo, lo escuché una vez resollando de gozo, cercano a la muerte como estaba. No valió de nada el escándalo que les metí a él y a mi hijo, quien traía las películas y las escondía antes de que yo llegara del trabajo. ¿De dónde sacaba fuerzas ese viejo medio muerto, para excitarse, eyacular y todo? Los hombres no tienen remedio. Si hubiera sido joven en esta época, me hubiera metido a monja o a lesbiana.

Cientos de fotos siguen contando la vida del fallecido. Se le ve, cerca del final, repasando la historia de la vida familiar, en los tres álbumes dentro de los cuales la hemos ido registrado. Una hija, mi hermana, le pasa la hoja del álbum, demasiado pesada para él, y mira sin expresión, para entonces había terminado la diversión pornográfica y se había intensificado la conversión evangélica. Mi hermana le habla, pasa la hoja, le recuerda lo felices que fuimos, se lo exige, él está muerto. No se morirá hasta dentro de seis meses, tal vez está muerto desde que su mujer se ahogó por un cáncer súbito y acelerado por el aire mortal de la Gran Manzana, quizás estaba muerto a pesar de sus masturbaciones alborotadas con eyaculación y todo, y de la mirada enfocada en el culo de la enfermera que iba a atenderlo por la mañana. O acaso estaba muerto desde antes, en medio de tantos abrigos y tanto frío, de la cerveza Corona o la Modelo mexicanas, los burritos y los tamales de maíz seco que siempre odió, y por haber escuchado tanto un idioma ininteligible para sus oídos y árido para sus emociones.

Tú nunca hubieras querido un velorio así, Rosario. Lo sé, por eso en parte me alegro de que tu hermana te quemara y ya. Regresaste a Cuba, no como hubieras querido, es cierto, la realidad no tiene por qué amoldarse siempre a los deseos de una, no está en la obligación de complacernos constantemente, eso decías al ver mis frustraciones y ansiedades. Espero que tu hermana para ahorrarse unos dólares no te haya enviado dividida en paqueticos de sopa rápida, recurso innecesario en estos momentos, y hayas aterrizado en La Habana metida en una cajita de aluminio, envuelta en papel de regalo, amarrada con un lazo o algo así.

Si algo te obsesionaba, era la seguridad de que te quemaran. Un plan de pagos te sirvió para arreglarlo. ¿Ves, mi amiga?, te dije, este país no es tan malo como proclamas, hasta has podido escoger un estilo para tu muerte. Sí, hubiera escogido una incineración junto al Ganges como la de Indira, me voy a quedar con ese antojo. Estás arrebatada, Rosario, ahorra unos kilos y dale para la India, puedes ir adonde te dé la gana, te sobra tiempo.

Habías leído lo que hacen en el primer mundo con los restos del incinerado, renuentes a disolverse con el fuego. Leías como una demente. Tenías tiempo y le sacabas el máximo. Eras una negra fina, de inglés exquisito. Estabas «desabilitada», no incapacitada como decíamos en Cuba, y aprovechabas el día de mil modos distintos, lo explotabas, te lo devorabas de una cosa en otra, sin perder tu sonrisa, tu serenidad, la paz que contagiabas, sin demasiadas quejas. Estábamos en tu camota de chismorreos, tiradas las dos igual que hacíamos en las literas de la escuela al campo, las pegábamos para poder chismear a nuestras anchas. Me explicaste lo de la incineración prepagada. Los huesos partidos que no quema el fuego, los meten en una trituradora especial, la llenan, la tapan y la encienden. Ese ruido debe ser espantoso. No puede sonar igual que una batidora. Tal vez sea como el sonido producido por los hielos molidos. No, lo que quede de los huesos debe estar más débil que el hielo, después de haber pasado por el incinerador. Igual, susurraste, no estaré ahí cuando me quemen y me trituren. Te miré. Me dejaste desquiciada con el cuento de la quema y la trituración, y arriba, esa sonrisa con la cual habías soltado el disparate. ¿Y dónde coño ibas a estar?

Te habías tomado muy en serio a tus santos y a ese Buda panzón con incienso y velas colocados en uno de los closets. Recuerdo cuánto me reí con eso de que la muerte era la peor mentira en que vivíamos porque determinaba el resto de las demás y formaban una lista infinita de falsedades. Una mentira fundamental era la base de las subsecuentes mentiras que nos aterrorizaban: la muerte, la enfermedad, la soledad al final, el abismo abierto. ¿Dónde coño ibas a estar? Llegué a pensar que estos cuarenta años de frío habían acabado por desajustarte la cabeza.

Además, ¿quién iba a querer seguirte por la calle? ¿Para qué iba a hacerlo a no ser para acostarse contigo? Con esa figura que conservabas y era la envidia de tantas, incluida yo, que parezco una ballena. Tres tipos distintos estaban a tu acecho, me asegurabas, se relevaban para espiarte desde un SUV parqueado en la cuadra donde vives. Tus santos se habían desquiciado también, no supieron darte resignación. La muerte de Mío te afectó demasiado.

Un velorio y un entierro supuestamente repletos de mujeres lloronas, reducidos a una ceremonia familiar. Me imagino las amantes desconsoladas y ansiosas por despedir a Mío como se merecía: con música y lágrimas, con alegría y tristeza, como era la vida. Ni siquiera tus amigos íntimos, que queríamos tanto a ese negro fuera de liga, pudimos ir a mostrar nuestro cariño. Su madre se había mantenido en sus trece, aun con tus súplicas y el reconocimiento de nuestro cariño por su hijo.

Me dejaste un mensaje en el teléfono y me pasaste un email. Querías verme con urgencia, unos minutos. Te llamé, y quedamos en vernos por la noche en tu casa. Habías notado la presencia de un desconocido a unas decenas de metros de la tumba de Mío: No digas nada a nadie, Sary, mantente alejada de esto, sólo quiero informarte por si me pasa algo. Tengo que averiguar la verdad sobre la muerte de mi sobrino, no voy a parar hasta saber qué le ocurrió y cómo fue. Rosario, a tu hermana le explicaron lo que pasó, le detallaron cómo eso sucede en las guerras y le entregaron una bandera americana, tú me lo contaste, ¿por qué te martirizas? Sí, me gusta martirizarme, olvídalo. ¿Capítulo cerrado, como tú dices? Claro, susurraste sin convencimiento. Es tu dicho, ¿no?, capítulo cerrado.

Sary, por favor, ahora no se trata de mí, sino de Mío.

A la mañana siguiente de la fiesta donde me enteré de la muerte de Rosario, llamé a su hermana. La asombrada era ella: ¿No te avisaron?, ¿no será que te habrán dejado un mensaje por teléfono o un email y lo borraste y no te acuerdas?, no puede ser. Me esperaba esa postura defensiva, lo sabía, ¿para qué carajo le hice la pregunta? Debí haberle dado el pésame y completo. Sin embargo, me alegré de haberla llamado, porque me informó de pasada: Tengo algo para ti, nada importante, es sólo un rosario de mi hermana, en su Living Will nos pide que te lo entreguemos como recuerdo. Solo eso, recalcó, como si yo hubiera estado esperando una herencia de mi amiga. Callé. Era imposible aclarar nada, una pérdida de tiempo. Callé. Tragué en seco y le respondí que iría a recoger el rosario cuando ella quisiera. Ahora mismo, si puedes. Ahora voy.

Salí a coger el tren porque era sábado y mi marido andaba pintando una casa y se había llevado el carro. Una mujer entró detrás de mí a la estación de Howard, donde nace la Línea Roja que atraviesa la ciudad de norte a sur. Una de esas imponentes negras de Chicago, de senos inmensos y capaces de alimentar cientos de bocas famélicas, con una de esas caderas capaces de acoger trillizos, séxtuples. Subió las escaleras y entró al vagón con un libro en la mano y ese paso indiferente al tiempo, de muchos negros, mientras la conductora advertía del cierre de las puertas. Quienes reparamos en la negra discurrimos enseguida que nos aguardaba esa salva de aleluyas propia de los evangelistas, o esos «¡Dios te bendiga!» lanzados al rostro de quienes le niegan la moneda o hasta el dólar exigidos casi a punta de escopeta. No me acordaba de esa bendición maldecida de los pedigüeños, no la escuchaba desde mi época de estudiante, mi padre todavía no nos había comprado carro a mi hermana y a mí. No se ven muchas negras pedigüeñas en las calles de Chicago, sino negros o blancos saludables en su mayoría.

En el vagón de la Línea Roja los viajeros nos creemos que esta negra de hablar alto y a quien apenas entendemos, sentada junto a un negro dormido, va a pedirnos dinero al final de su evangelización, entregarnos unos volantes que no se ven por ningún lado o va a exigirnos renunciación al mundo en nombre de Jesucristo. Los pasajeros siguen hablando por sus teléfonos celulares, leyendo o se entretienen mirando por la ventana o a los celajes. Es raro. Las palabras de esta mujer carecen de tono impositivo y grandilocuente. Habla como consigo misma, mirándonos. Alcanzo a entender una frase: Todos llegamos al final de los significados, todos.

El vagón no va tan lleno, es una mañana de sábado, el trasiego de pasajeros se inicia al mediodía. Entonces levanta la cabeza del negro dormido que ha caído entre sus tetas, la recuesta a la ventanilla y se pone de pie. El cuerpo del negro se desparrama en el asiento, y ella prosigue a paso lento por el pasillo, gritando que todos llegamos al final de los significados. Cuanto antes lo descubramos mejor para nosotros, porque el sufrimiento se va a acortar. Todos llegamos al final de nuestros significados, ¿y entonces?

Me bajé en la parada de Belmont a coger la guagua en dirección oeste. Llegué desesperada a casa de Reina, media hora después. No estoy acostumbrada a andar en transporte público. Recogí el rosario, muy usado, que me tendió en el recibidor, sin responder a mi saludo. No sé si la hostilidad de Reina era la de siempre o mayor. No sé si mi negra me hubiera querido regalar una de esas blusas bellas, que con tanto gusto y paciencia sabía elegir raramente entre las rebajadas. Mi amiga era tan extraña que ni pensaba en descuentos. Su ritual de compras no tomaba en cuenta los cupones de ahorros ni los especiales. Si no estuviera como una ballena, me hubiera puesto una de esas blusas suyas, impecables de limpias, coloridas, cuidadas. No me hubieran importado los comentarios de las cubanazas chismosas, ni sus caras de rechazo al verme usar la ropa de una muerta. La ropa de Rosario no se ponía vieja. Sus blusas caras las lavaba a mano, como hacíamos en Cuba. Reina no quiso darme una de las piezas exquisitas que quizás Rosario había dejado para mí, con la esperanza de que yo iniciara una dieta y bajara mis veinte libras sobrantes. No había una negra en Chicago, y estoy por pensar que pocas blancas, que se vistieran como mi amiga. Agarré el rosario envuelto en un sobrecito de plástico, de esos de cocina, tan convenientes con cierre y todo, repetí mi pésame y me fui.

Con un hambre del carajo, compré una McDonald y me fui a esperar la guagua. Eran como las tres de la tarde cuando volví a abordar el tren de la Línea Roja hacia el norte. Al poner un pie adentro del vagón, vi en el asiento de enfrente al negro dormido o borracho al lado del cual se había sentado la negra evangelista. Las casualidades se arreglan solas. Me llamó la atención su color, reconocí un mal olor y lo toqué: aquel negro estaba congelado, muerto. Halé la palanca de emergencia, el tren se detuvo y corrí a avisarle a la conductora. Paró el tren, separaron el vagón y me senté a esperar a la policía para declarar.

Mientras aguardaba a la perseguidora en la planta baja de la estación de Belmont, volví a ver a la negra infinita. Caminaba a paso lento repartiendo unos folletos y gritando a reventar: Todos, absolutamente todos llegamos al final de nuestros significados, ¿y entonces, eh?

¡Dios te bendiga!, le soltaba a los renuentes a recibir el folleto.

esta gente no sabe vacilar

Ni a Sary se lo puedo decir, no me entendería. Es duro no poder hablarle a mi amiga sobre estos cortos espacios de felicidad. Es precisamente esa intensa brevedad la que no aceptaría: ¿Cuál será tu futuro con él, Rosario, qué haces perdiendo tu tiempo con un chiquillo?, puede ser tu hijo, ¿estás enloquecida, carajo?

El tiempo, ese enemigo, esa barrera invisible alimentada por nosotros. El tiempo nos usa, nos manipula con descaro y en la vejez nos descarta. Los consejos de Sary girarían en torno a ese fantasma. Las comparaciones con ella, con otras. Enredaría el asunto sin necesidad, y al final: Es tu vida, no la mía, es tu derecho vivirla como te dé la gana. Mi querida Sary, cómo ibas a entender si yo me quedo por la décima parte y no deseo razonar, porque no sé cuántos días o semanas terminarán con esta fugacidad. Ahora mismo se ha interrumpido por horas o por días, no sé ni me importa.

Phill se acaba de ir. Me ha despedido con un beso de sus labios lozanos, de adolescente, me ha dejado su sudor, ese aliento irrepetible, el recuerdo de unos ojos maravillados. Va a comprarme un teléfono para poderme «textear» durante el día. No le importa haberme oído repetir que no soporto esas tonterías, la gente no está presente, no parece soportar lo que los rodea y se ponen a «comunicarse con sus seres queridos», según rezan los anuncios, aunque sea para repetirse idioteces. Esa comunicación carece de oxitocina, Phil, no libera en el cuerpo esa hormona imprescindible, sólo el contacto físico, la interacción real, lo consigue, no debieras perder el tiempo en textearme sino concentrarte en tu clase, en tus estudios (como cuando estamos solos, casi le digo). Me río. Comparado con los jóvenes de su edad, Phil no es tan disperso. Y en la intimidad, para nada. Sus silencios, su mirada, lo prueban. ¿Será la diferencia de nuestra tez o saborear a una mujer conocedora de los hombres? Estoy demasiado orgullosa de mis mañas, ¿acaso la expresión maravillada de este niño es permanente y no la he notado? ¿Acaso es así, un eterno maravillado? ¿No será mi vanidad la culpable de hacerme creer que soy alguien especial para él? Ah, estoy usando las mismas frases gastadas que critico. Phil, cuántas preguntas sin respuesta, mejor las entierro, me quedo en silencio observándote, eso es un gusto también indecible.

Después de un beso inacabable y de pasarme su aliento para evocarlo durante el día, la silueta de mi joven amante atraviesa la puerta, la cierra rápidamente y sube los ocho escalones del sótano en dirección a la calle. Mis ojos lo persiguen por la horrible ventana rectangular, enterrada, del pasillo lateral del edificio, y a través de la que da hacia la calle. El pavimento, el barrio, la ciudad están menos fríos y hasta se encienden con el paso apurado del bebote, de este regalo de la vida. Vuelve la cara y descubre la mía enterrada a nivel de la acera, observándolo, y me vuelve a despedir con una de sus enormes manos enguantadas. Pasa por el costado del auto con el hombre al timón. Siempre ese SUV, no sé si el mismo hombre, está esperando recoger a alguien que nunca llega. ¿Estaré psiquiátrica o será verdad que me siguen los pasos? El hecho de acostarme con un adolescente, y lo peor, enamorarme de él, responde esa pregunta con absoluta claridad, me digo muerta de risa.

Me aparto de la ventana, vuelvo a la realidad. Me dispongo a recoger la cama y a limpiar. Hoy no usaré el ambientador y no pondré ningún odorífero en el baño ni en la cocina. Ni siquiera encenderé incienso para mi Buda, ni una vela para mi Eleguá. El sótano está impregnado de la frescura y la humedad destiladas por la epidermis de ese niño que no lo es. ¿Qué mejor propiciador de armonía? Hoy no quisiera bañarme. Que todo huela a él este día, quizás el último. El cardiólogo no está contento con mi nuevo marcapaso, ni me preocupa, mis santos lo saben. No le he hablado al médico de los cuarenta años que sobrevuelan a los de mi bebé, no me dejaría estar con él, creo. Me sigo riendo. Si voy a morir hoy o mañana, que sea envuelta en el olor de Phil, en las risas provocadas por esta preciosa travesura.

Vuelve la realidad. ¿Es esta la realidad o fue aquella? Mis pensamientos se superponen unos a otros, como esta llovizna congelada sin transformarse en copos de nieve, un término medio entre la congelación y la acuosidad, gozosa de ser intermediario perecedero, acaso fundación. El aguanieve desaparece en la superficie del lago, baña los costados de los rascacielos, los techos de las mansiones y las paredes de los hogares míseros, empujada por implacables remolinos de viento. Le llaman Lake Effect, se produce por el choque entre la temperatura cálida del Lago Michigan y las masas de aire congelado provenientes de Canadá. Una especie de fricción, como la vida, y envuelve por igual a ricos y muertos de hambre, negros, rubios, hispanos, chinos, hindúes, delincuentes y asesinos, celebridades y desconocidos, trabajadores y managers, limpiadoras de piso y CEOs ricachones.

La calma posterior a esos remolinos provocados por el Lake Effect, me recuerda a la muerte. Tras los rituales, el llanto, las loas al difunto, sus triunfos, sus excesos y su vida feliz o no. La muerte sobrevive a nuestros ruidos inútiles, a nuestras comparaciones indecibles: ¿quién vivió mejor?, ¿quién dejó más cosas?, ¿quién hereda el dinero y quién la casa?, ¿quién el edificio y el carro?

No acabo de ver la importancia del marcapaso. ¿No responde de la manera que mi médico espera? ¿Estos tipos me atacarán porque creen que sé algo? Bueno, ojalá lo hagan de una vez. Me evitarán atestiguar la decadencia de mi cuerpo, cortarán el miedo producido por la vejez. Han estado al tanto de mis idas y venidas desde mi regreso de Turquía. Y sin embargo, no sé, intuyo. Para ellos es igual. ¿No quieren escucharme? Lo irónico es que no puedo hablar, ¿qué iba a decir? ¿Cómo lo pruebo? Y lo peor: ¿quién va a oírme?

Mis miedos se disuelven, uno a continuación del siguiente. El Sufrimiento quema mi sufrimiento.

Luego de recoger la cama y la cocina, sin alborotar demasiado para no espantar el olor de mi niño, enciendo la maldita pantalla que nos acompaña como una desgracia eterna, con sus verdades a medias o sus mentiras abiertamente descaradas la mayoría de las veces. Saber que puede pasar algo grande y no estar enterada, es un miedo rebasado por las falsedades de las imágenes y las frases hechas. En definitiva, ¿qué saco al enterarme?, ¿qué podré hacer?

Ahí están las imágenes. Las elites que gobiernan este planeta continúan imponiendo su ideas de libertad y democracia por los cinco continentes, y donde no pueden tirar bombas e imponer la destrucción porque les puede costar caro, envían a periodistas y a esas nuevas especies de misioneros de las organizaciones no lucrativas. Luego envían misioneros de alto nivel a rescatarlos. ¿Por qué esta gente no puede vivir sin joderle la vida a los demás? ¿Por qué no atienden sus problemas? Ahí están los cuerpos infantiles destrozados por las balas, por las bombas, la desesperanza a rajatabla. A nadie va a importarle esos cuerpos despedazados que no llegaron ni a la sexta parte de sus vidas, no es divertido contemplar la muerte fresca. Ahí están, a continuación, los carros que garantizan la buena vida, la alfombra roja, la salida del closet de un gobernador casado. La esposa ha estado junto a él en la conferencia de prensa donde hace pública su preferencia por los hombres. La mujer lo mira como a un extraño que ha cometido un acto de mala educación. Ya estará pensando en transformar ese revés e irse a dar conferencias a las mujeres con mala puntería para hallar marido. Las va a dar en inglés y en español, aunque en la comunidad latina quizás no sean tan necesarios esos How to(s) y esos consuelos, porque en apariencia hay menos gays o no se les permite proclamar la pajarería. La mujer del gobernador va a escribir dos libros que se convertirán en bestsellers y va a presentarlos a través del país: "Cómo sobrellevar el descubrimiento de una verdad maldita" y "Diez puntos para comprobar la sexualidad del futuro marido". El consuelo y la seguridad poseen nichos permanentes en el mercado. La vida debe ser forzada a perpetuarse dentro de un marco aceptable, aunque sea falso y nos amargue. La vida está muerta. Yo también podría escribir mis libros sobre el tema. No obstante, al no haberme casado, al no haber infringido ninguna regla social, no habría novedad y no se despertaría la voracidad del lector, mis libros no hallarían mercado. Soy una mujer demasiado común, feliz de mi vida corriente.

Sigue el circo con la preñez de Bretney. Los paparazis, verdaderos dictadores del planeta, se dieron cuenta en cierto momento de la historia, de la imperiosidad de devolverles a sus creadores la alfombra originaria, pero en su versión rojiza (qué preferencia por el rojo parecemos tener, con su cualidad de diluir y homologar, por qué no rosada o azul cobalto como ese Cadillac); la alfombra vuela de regreso a las regiones donde fue creada. Sin sus antiguos y hermosos diseños, homologada: roja. Fue una intolerable contradicción que los inventores de la alfombra no quisieran aceptar esta versión contemporánea y amable de su producto original. No lo saben: se lo hemos mejorado. Es esa ignorancia tribal incapaz de discernir lo mediocre de lo bueno. Entonces a imponerles lo bueno (prepárate, Cuba, para la coalición de gobierno que te espera, entre la alfombra roja y los paparazis, la combinación ideal de democracia y libertad de expresión). Ahora, las piernas cortas que no llegaron a andar lo suficiente, aplastadas por el concreto, sus manitas cuelgan, son flores arrancadas que van a caer sobre la alfombra roja. Y los gritos obliterados por los lujos, por los ganadores, son los de las fans de Britney, acaban de descubrir su preñez. El desgaste de la alfombra, imperceptible por el paso seguido, elegante y leve de las estrellas (algunas se atreven a admitir su incomprensión de tales estridencias); y la imagen se posa sobre la dispersión de uno mismo, otro de los tantos tótems de la religión actual: techo eléctrico, encendido a distancia, sistema DVD de entretenimiento trasero para que hablemos menos y miremos más, y sobre todo el práctico paño para limpiar el carro, de cualidades mágicas, producido en Alemania para el mercado estadounidense. Europa y su encanto soterrado, difícil de admitir de dientes para afuera. Y, claro, tampoco lo dice el gritón, famoso por anunciar comodidades impostergables como esa, de un paño que recoge y desaparece convenientemente la suciedad de la carrocería del carro. El gritón lo jura: ese paño puede cambiarnos el día, hacernos feliz. Murió anoche de un ataque al corazón, la locutora lo informa con voz quebrada y anuncia un homenaje. Era una celebridad. Si el Presidente o un congresista gritara así, por ejemplo, para que la gente no se deje arrebatar las casas por los bancos, lo acusarían de comunista y de querer controlar al pueblo.

Sigue el circo. Los paparazis llenan los sueños irrealizados de los espectadores y somos definitivamente dichosos, no nos perdamos el APR de financiamiento que descendió a cero desde el intento de restauración de la alfombra a sus creadores, en una versión mejorada y aumentada (prepárate Cuba para el regreso de las nuevas pautas rojas que muchos cubanos esperan y desean, para que tus jóvenes chillen al paso de las estrellas como las que quieren vivir, prepárate a vivir la vida del otro, siempre mejor que la tuya, a convertirte en santuario de retirados ricos cuyos yates y mansiones vas a cuidar, como ha previsto uno de tus dirigentes exiliados, muy liberal él, quién se atrevería a decir que no estás en el paraíso, el comunismo era tan aburrido). No hay cuestionamientos, hay tanto por hacer. La alfombra roja mató las preguntas; naturalmente, habrá inconformes a quienes se les permita hablar, ¿quiénes van a escucharlos? Corramos a aprovechar el APR antes de que suba (y los cubanitos se divertirán con juegos electrónicos, pasarán horas acompañados por imágenes, y si los vuelve ansiosos la espantosa soledad virtual, denles Ritalín, para que aprendan a tragar y a producir, pequeños autómatas insaciables, nunca sabrán lo que son porque se han convertido en lo que les imponen de forma amable y sonriente). ¿Quién hablaría de imposición y control, de deudas esclavizantes? La ignorancia, no sólo extendida como una mancha de petróleo por el planeta, sino alabada, considerada un altar, una posesión, quizás la mejor para exhibir con orgullo (ya puede gritarse: Abajo el Presidente democráticamente electo de Cuba, ¿a quién le importa si está arriba o abajo?). Ahí regresa el APR en 0%, añada impuestos, título, placa, cuotas de pago, venga acompañado de la familia a comerse una pizza, un burrito, una soda, participe en la rifa de un microonda, de una tarjeta de regalo, de un elefante, pero venga a ver el DVD con pantallas traseras, laterales invitándonos a que hablemos menos y miremos más, el comunismo era tan aburrido. ¿Y de qué guerra se habla? ¿No había terminado? ¿Quién se atreve a hacer esas preguntas, con tanto por hacer? Ahí están, vuelven los carros garantes de la buena vida, la protesta de esas elegantes damas con pamelas, en contra de la matanza de caballos para comer, los treinta y siete niños reventados por una bomba (rápido, para que no nos acordemos sino de los pobres caballos comestibles), y mucho drama siempre condimentado con la esposa y los hijos que reciben al héroe acabado de llegar de la guerra: él sostiene a su hijo con lágrimas, no lo conocía, y ella habla de cuánto lo extrañó, del daño provocado por esa separación al recién nacido, al mayor y a ella, y llora un poco; no hay comentaristas ni analistas políticos para hablar de los niños ametrallados, ha de tener alguna razón el periodismo libre para eso, inalcanzable para lectores y televidentes ignorantes como yo. Ahí vuelven los pedófilos captados en cámara oculta (maestros, jueces, un rabí, un cura, un pastor evangélico, militares acabados de llegar de la guerra), ahí están los cientos de hombres que van hasta Camboya y Tailandia en búsqueda de una niña cuya boca debería de estar chupando caramelos, se admite, son americanos en su mayoría, la verdad también se expone incluso en los medios libres (¿qué les ocurrirá a los cubanos cuando sacien sus necesidades?, ¿se sacian alguna vez?, ¿podrán los niños jugar de nuevo por las calles?, ábrete al mundo, Cuba, como pidió Juan Pablo, la libertad es un don preciado, abran sus bocas, cubanitos, el comunismo era tan aburrido); y ahí está la foto del militar muerto en las calles de Bagdad, es hispano, y estaba dispuesto a dar la vida por su patria adoptiva, lo repite su familia en español. Estaba tan deseoso de hacerse ciudadano, de aprender buen inglés y realizar sus sueños, qué demonios pasa en este planeta enloquecido donde la gente prefiere soñar a vivir, ¿da tanto miedo vivir?

Mi hermana tuvo el coraje de negarse a la entrevista por la muerte de

Mío, tuvo los cojones de tirarles la puerta en la cara a los periodistas (prepárate Cuba para contemplar a los familiares de los asesinados por las pandillas, entregados al placer de verse por televisión después del discurso motivador de la fundadora de una sociedad defensora de caballos cubanos que no debíamos comernos). Mi hermana se arrepintió de haber soltado a Mío tan temprano, a su libre albedrío, como se hace aquí, fue bueno para él, le susurro con el abrazo que no nos dimos durante décadas, tuvo una vida corta, intensa, amó mucho y lo adoraron, y participó del mundo, nunca se encerró en sí mismo. Mi hermana no me entiende, ni falta que hace, la sigo abrazando hasta que decida cuándo separarnos. Nunca creí que pudiera llorar en sus brazos, es extraño lo poco que nos conocemos los seres humanos.

Ahí vuelven los carros, más artefactos para la comodidad, y las opciones, muchas, infinitas, que pondrán a los cubanitos a relacionarse con imágenes y sonidos más que con otros niños, y caminarán con la frente tan en alto que no verán a quien le pase por el lado, prepárate, Cuba, para la pandemia de la imitación, para la clonación de los gustos y disgustos, de la risa gastada, irreal, para el desempolve de una codicia constante y de la violencia que desencadena, siempre adornada de buenas maneras, asistida por la misa o el culto dominicales; y espera los banquetes de recaudación que van a tirarle unas limosnas a los menos favorecidos, quizás los menos engañados y menos infelices a pesar de su miseria, los más despiertos, ¿qué desearán tus jineteras, Cuba, después que tengan a la mano las ropas de marca y el último champú salido al mercado?

Mis cuestionamientos insultan a Sary. No soporta que le mencione su dependencia de Mario, el típico hombre atendido por una segunda mamá, con la ventaja de que puede tener sexo con ella. Le permite a mi amiga mandar y controlar. Se siente cuidado, está nuevamente en el útero materno, ¿qué puede ser más seguro, acogedor y práctico? A Sary le dejó de gustar hace muchísimo. Le falta algo, no sé lo que es, pero lo quiero, ¿qué voy a hacer sin él?, ¿qué voy a hacer sola?, ¿y si me sucede una desgracia?, mis dos hijos tienen sus vidas hechas. Entonces no te sientas infeliz. No me siento infeliz, es que le falta algo. ¿No te sientes infeliz?, ¿y por qué te quejas cada vez que te sientas a hablar conmigo y repites esa frase? Ay, no sé, he perdido oportunidades.

Las manos de Ricardo Arjona nos socavaron desde la primera canción, a pesar de los gritos desenfrenados de sus fans. Sary y yo nos sentimos acariciadas por sus manos enormes y cantadoras, qué bueno está ese blanco, no hay comparación. Las palmas de esas manos expresivas, lentas, recorren nuestra piel, fricción incomparable que humedece y hace cálida la espera, dedos infinitos que dudan entre aferrarse o continuar. Los histéricos gritos de las fans no nos dejan contemplarlas a gusto ni escuchar a Ricardo, es una canción sobre los secuestros. Le sigue una acerca de las mujeres asesinadas (prepárate Cuba para las desapariciones y las pandillas, y la pistola disparada por un niño de trece años para vengarse de la codicia que lo dejó solo en su cuna, como dejó solos a sus padres y a sus abuelos, no se supone que hablemos de eso sino de libertad de movimiento y de derechos, muévete Cuba, con toda libertad, el comunismo era tan aburrido). Las manos de Arjona entonan mejor que su garganta, hablan de inmigrantes, de sus sueños, ¿por qué se sueña tanto en este planeta de mierda? Nadie se pregunta por qué huye mucho más el que posee. Nunca se sacia, y el vacío de la realidad lo atormenta con peor furia que al que carece. ¿Adónde habrá llegado el que posee y qué habrá visto allí para obligarlo a huir de sí mismo como un inmigrante más? ¿Por qué ese horror al vacío? Es lo que somos. Hasta las rocas son vacío, ¿quién nos ha metido en la cabeza que somos diferentes de las rocas? El que carece desea tener, su lucha lo mantiene despierto, le da significado a su vida. Los brazos de Arjona hablan del hambre, de la feroz desolación de los buscadores de una vida nueva, los hace temer al idioma en el cual escucharon las primeras palabras en bocas de sus padres. La vida es fricción en cualquier lado. Soñar es olvidar. El olvido es una ficción porque la realidad, disfrazada de cambio, vuelve a manifestarse dondequiera que estemos. El juego no termina. Las manos son la mejor canción de Ricardo.

Ay, sí, ¿pero y eso de «acompáñame a estar solo»? ¿No puedes resistir esa palabra, Sary, ni siquiera cantada por un tipo tan buenote?, ¿a qué viene ese terror ante el hecho consumado de que nos enfrentaremos con nosotros mismos ahora o al final?, es su mejor canción, es la mejor compañía la de alguien que te acompañe a estar sola, deslízate con un hombre distinto, recuerda, la vejez está próxima y quizás sea tarde, deslízate con alguien, prueba la calidez de unas manos diferentes, detenidas en tus senos toda la noche, posadas en tus caderas hasta el amanecer, necesitas sentir otra piel. Lo quiero, ¿cómo voy a hacerle eso a Mario? Sí, veo una Sary que lo quiere y una necesitada de un escape, de un poco de aliento, eso no está relacionado con el amor sino con la biología, con la vida. Tú lo dices porque no estás casada. No, lo digo porque estoy viendo la infelicidad y el miedo que te has echado arriba, como si te obligaran a padecerlos.

A Sary acabó por retorcerla la secta «cristiana» a la cual se afilió con su marido, ambos en búsqueda de explicaciones. Es raro, porque Nenita, la abuela de Sary, encarnó las respuestas posibles e imposibles capaces de dar cualquier mujer. Es raro, Sary no supo observar cómo vivió Nenita y nutrirme como hice yo, y se entregó para que la «salvaran». Según la versión de estos nuevos guerrilleros, salvarse es suprimir lo malo y lo pecaminoso, o sea, prácticamente todo. De donde salen los pedófilos, los pancistas y los mujeriegos sale a su vez la condenación de la vida. Vivir es pecar, según quieren demostrarnos esos fariseos acaramelados por la palabra de un Dios que han matado para sí mismos y ansían matar para los demás. Junto con el maquillaje, el pelo teñido, las gangarrias adoradas y la faldas cortas, a Sary le arrebataron la alegría heredada de su abuela. Nenita nos había contagiado de vida desde nuestra niñez. ¿Quién iba entender ese contagio fuera de nosotras? ¿Cómo los muertos iban a entender la vida? Los muertos que entierren a sus muertos. ¿Cómo iban a explicar la salvación de lo que no se ha experimentado ni vivido? ¿De qué podría salvarse quien muere sin vivir? A Sary le arrebataron por un año la alegría genética y contagiosa de Nenita, aun después del escándalo provocado por el pastor de aquella iglesia, incumplidor de cuanto proclamaba. Entonces mi amiga escapó, no por completo, creo, pues jamás quiso volver a tomarse una cerveza ni una copita de vino, qué aburrida te has puesto, Sary, avemaría, prueba este Merlot, anda, te vas a acordar de mí. No, Rosario, no, no insistas, no me gusta, te lo juro.

Sary escapó una noche, marcada, de las garras salvadoras, mientras se daba los últimos toques antes de salir para una fiesta. Mario le avisó: el pastor había tocado el timbre de la puerta y esperaba sentado en la sala. Había pasado por allí y había sentido la necesidad de ir a saludar a sus dos queridos hermanos. Sary corrió al baño a quitarse el maquillaje que se le había ocurrido volver a ponerse a instancias mías, después de meses de escuchar que pintarse conducía al infierno. Levantó el pote de crema con una mano y fue a abrirlo con la otra. Se miró en el espejo de la cómoda, y sólo esos segundos bastaron para desprenderse del miedo con el cual había intentado sustituir el dolor dejado por la muerte de Nenita y de Nena.

El dolor por la pérdida de su abuela primero y de su madre en las siguientes semanas, era demasiado hiriente, demasiado invasor. Sary se daba cuenta de que lo mejor de su existencia había desaparecido para siempre, a pesar de vivir para su marido y para sus dos hijos. Los dos pilares de su vida, protectoras de un padre áspero, machista hasta la médula, ignorante y celoso, se habían desmoronado casi al unísono. La necesidad de explicarse ese dolor, incurable hasta en presencia de la alegría irradiada por las ocurrencias de sus hijos pequeños, había arrastrado a mi amiga a esa iglesia que dudosamente lo era. En vez de abrazar el dolor, lo había escondido, en vez de morir para él, lo había postergado. Y en esa postergación había encontrado una fuerza falsa, impuesta por la prohibición del maquillaje, las sayas cortas y el sexo consentido, entre una ringlera de vicios proclamados por el falso pastor.

El hombre les había advertido a las parejas de su congregación que el sexo inapropiado también conducía al infierno. No hablaba de fornicación. Estaba totalmente claro, eso era un aterrizaje sin escala en los fuegos constantemente mencionados. Hablaba de sexo «inadecuado». Nunca ha dejado de extrañarme que en la sociedad de la información, la ignorancia campee por sus respetos. La ignorancia parece ser el principal generador de riquezas en el mundo, crea millones de puestos de trabajo, aunque nadie hable de sus paupérrimos salarios. ¿Quién va a cuestionar la ignorancia? A través de ella los ricos nos pagan limosnas por trabajos que nos permiten una buena vida, llena de deudas como las suyas. ¿Qué podía significar sexo inapropiado? ¿Es que existe ese engendro? ¿Qué puede haber de inapropiado en la intimidad de dos cuerpos deseosos de fundirse, de agonizar uno en el otro? El pastor no les había hablado de sexo grupal, ni de lo kinki, los latigazos, el sexo con mierda, el rol del animal sumiso o agresivo, los muñecotes de plástico, las cremas excitantes. ¿Y por qué no nos excita el olor del amante, su piel, sus intenciones secretas, su conversación despaciosa, la curiosidad de su mirada? Qué va, esta gente no sabe vacilar. El sabio pastor tampoco mencionaba los intercambios de parejas, las drogas, los pedófilos, como si no existieran. Era una reunión para matrimonios, un círculo de personas casadas cuya intimidad visitaba el demonio: ni el consenso íntimo para la satisfacción estaba desligado de la ruta infernal, según esta iglesia y este pastor de zombies, de muertos dedicados a enterrar a sus muertos.

La promiscuidad había tomado el nombre justificador de fantasía. No deseo perder a mi pareja por nada del mundo, tenemos dos hijos maravillosos y estamos felizmente casados, escriben a los consejeros sexuales, hace años practicamos tríos y cuartetos, ahora le aseguro, no soy gay, pero la vida es corta y deseo brindarle el máximo de placer a mi mujer, desea verme poseído por un hombre gordo y velludo ¿sería inapropiado complacerla?, ¿podría eso lacerar su concepto acerca de mi hombría?, ¿le haría daño a mis hijos?

Al leer esas columnas de consejería erótica, mi sexualidad se encaminaba en dos direcciones: la supresión, convertida en monja, o el lesbianismo, aunque no me siento preparada para ninguna de las dos. ¿Por qué ese hombre no acepta su deseo de metérsela y lo hace sin tantos aspavientos, sin preguntarle a nadie, sin preocuparse, sin buscar justificación ni averiguar?, ¿no está desesperado por metérsela?, se hace a diario y no pasa nada.

Sary, aterrorizada por mis reacciones, inició mi captación para su iglesia. Intentó atraerme a su órbita de cantos y gritos, y llegó a amenazarme con los fuegos eternos si no abandonaba a mis santos y a mi plácido y satisfecho Buda de barro. Pronto mi paciencia se esfumó, no podía seguir escuchando esa cantidad de tonterías. Fue un período triste, porque nunca dejé de quererla. Sin embargo, no podía con aquellas manipulaciones espantosas que la arrastraban descarnadamente a aumentar su dolor, en lugar de comprenderlo, aceptarlo y digerirlo, o sea, posicionarse por encima de él. A mi amiga le habían pasado una cuenta más, en el país de las cuentas inacabables, esta vez por la salvación, y había firmado el cheque en blanco, el peor. Me vi obligada a detenerla en su tercer intento de repetirme la historia: Los fuegos ya están aquí, Sary, no te dejes embaucar. Ese dolor infinito es el fuego que puede transformarte en una mujer de verdad, no lo desperdicies, no lo postergues ni lo traduzcas, deja que te queme, de ahí saldrás cambiada, nueva, cada siete años las células del cuerpo cambian totalmente, mientras un solo dolor aceptado, digerido, te transforma de una vez y por todas. Intentaba hacerla pensar, y me miraba como si me hubiera convertido, de sopetón, en una marciana negra de paso por Chicago. Ya el miedo se le había instalado adentro, y el miedo es con lo único que no puede ese fuego. El miedo tiene un poder tan aislante, es tan desértico, que el fuego del dolor no consigue quemarlo.

Mientras el pastor esperaba en la sala, Sary se miró en el espejo durante unos segundos, y quizás recordó cómo su abuela desenredaba los problemas, los inventados y los reales, con esa sonrisa suya que la recibía al llegar de la escuela. Sary se miró en el espejo de la cómoda y quizás recordó cuando su padre la apartó de aquel puertorriqueño de quien se había enamorado por primera vez, yo no crío hijas putas, aquí no vuelves a poner un solo pie si sales por esa puerta, las putas viven en los bayús no en las casas de las familias decentes. Sary se fue con su puertorriqueño, hasta descubrir las drogas, el alcohol y el machismo de su amante, infinitamente odioso como el de su padre. Nenita fue la que le abrió la puerta de su casa de nuevo, y el padre le retiró la palabra por un año a esas mujeres desvergonzadas con quienes vivía. Sary vio a su abuela en el espejo de la cómoda y recordó. Aunque tarde, nunca volvió a ser la de antes.

Mi amiga no heredó ni la décima parte de los cojones de su abuela, para poder contarle a su marido que el pastor de ovejas descarriadas la había obligado a someterse a él, en nombre de la salvación que iba a otorgarle. Al menos, Mario hubiera ido a partirle la cara. Sary había sido bien pastoreada hacia el miedo, y aceptó en sus piernas los dedos sabios del hombre y sus llamados a la docilidad y a la humillación susurrados en nombre del Señor. Mi amiga se abandonó al pastoreo en vez de abandonarse al fuego, y sus culpas y tristezas aumentaron en vez de convertirse en cenizas. La levedad y le extinción de las cenizas en el aire, en la nada, fue la cura faltante. Esa cura es personal, íntima, difícil e irreversible. No pudo alcanzarla.

Sary se miró en el espejo de la cómoda. Nenita se le apareció con esa mirada incapaz de ser sombría aun ante la infelicidad de su nieta, para decirle que no removiera un milímetro de su maquillaje y no se quitara el juego de collares y pendientes que le había comprado en la Macys durante una oferta del Día de las Madres, le exigió ajustarse más el jean, si era posible, y acabar de complacer a Mario en las cuatro locuras que le había pedido. Que echara al pastor de su casa, de inmediato, se largara de esa iglesia falsa y empezara a curarse desde ese instante.

Es rarísimo, Sary no heredó ni por imitación la décima parte de los cojones de su (y mi) abuela Nenita.

Es extraño, no paro de repetírmelo. Sary no tuvo la capacidad de ver cómo vivió su abuela, a quien llamábamos Nenita. Su hija, la madre de Sary, siempre fue Nena. ¿No es raro? A mi amiga de la niñez no le alcanzó la inteligencia para aprender de una relación vital, irrepetible, cercana, y sacar conclusiones prácticas. Ya no existen mujeres que lleguen a la vejez con sabiduría, y puedan sugerir cómo recuperar, con unos caderazos bien dados y dos sorpresas, a un marido alejado o entibiado con una, o cómo lidiar con las hormonas y las ansiedades de los hijos adolescentes. Ahora sólo existen, transplantados desde Cuba o Veracruz, los amarres y las brujerías, los salamientos y las limpiezas. Los santos son para eso, afirman. La religión interpretada como control sobre los demás o usada para imponer nuestros antojos, altar del deseo. En vez de descubrirnos a nosotras mismas que no somos ese manojo de ansias, sin reprimirlas ni exaltarlas, nos identificamos con ellas, nos convertimos en lo que no somos. El balance, el equilibrio, el hermoso camino del medio ha desaparecido, lo han enterrado los caprichos permanentes o, todavía peor, los deseos «sublimes, elevados del Señor». Este Señor, rediseñado a nuestra imagen y semejanza, resulta más devastador que nosotros mismos. Las hijas deprimidas a masturbarse si no consiguen marido, y los hijos a resolver con la pornografía virtual del Internet o con las stripers de los clubs, con las muñeconas plásticas en permanentes ofertas dirigidas al creciente mercado de la soledad. La falta de oxitocina es una pandemia.

Hallar en la amada, en el amado, ese estado superior con cientos de nombres señaladores de una sola verdad, es una fantasía de las tradiciones, un cuento de camino devaluado por los siglos, y además no es cool, ¿a quién se le ocurre semejante disparate? ¿Una la diosa y él Dios? La palabra llama a espanto.

Las marcas de ropa y de perfumes, la gama de consoladores, las ventas, las compras, los amores de las estrellas de cine, los escándalos de los actores de televisión, han arrasado con la sabiduría femenina. Las mujeres nos hacemos viejas con las ansiedades de la juventud, no sacamos nada en claro, nos volvemos ignorantes, y al acercarse la muerte nos convertimos en cínicas. Es una enfermedad transmitida e incurable para muchas de nosotras, no debería ser así. No sabemos lo que somos, pero la vía negativa nos muestra claramente que no somos un manojo de deseos (frustraciones), de ansiedades, permanecemos descolocadas donde no hay vida: en el futuro o en el pasado Alrededor todo es, menos nosotras. Podemos estar conscientes de lo que nos rodea, pero si no lo somos de nosotras mismas entonces esa consciencia es un reflejo y nos hemos acostumbrado a centrarnos en él. ¿Qué queda si nada se refleja en la mente?

Todas hemos disfrutado de unos segundos de paz indescriptible, de una libertad imposible de detallar porque nos tildarían de locas, de un silencio guarnecido de ruidos, donde se han disuelto las fronteras personales, donde no hay centro, y por tanto, no hay sufrimiento. La causa no posee el significado de ese efecto. El causante de esa corta experiencia puede ser el amor al hijo, al amante. ¿Y por qué no pensar que somos eso? Si la causa se esfuma, si el hijo se va a hacer su vida o el amante nos abandona, ¿vamos a aceptar la imposibilidad de volver a disfrutar de ese estado? ¿Y si lo recordáramos, si lo evocáramos? ¿No seríamos capaz de producirlo en nosotras sin el recurso de la causa? Nos sobran fuerzas para ello. Podemos traer vida al mundo, ¿cómo no íbamos a ser capaces de crear vida para nosotras?

Nenita, la abuela de Sary, lo probó: se puede ser una mujer feliz bajo cualquier circunstancia. Nenita, que había parido y perdido hijos, y finalmente a su marido, asumió con alegría y con el guaguancó más original bailado en Marianao, el fuego del dolor durante los años previos a su encuentro con el negro Chano. Nenita no buscó explicaciones en ningún sitio, ni le preguntó a un cura ni a un pastor; primero abrazó el dolor para que la quemara de la cabeza a los pies, y luego lo soltó como a uno de esos paquetes pesados que no volverán a cargarse al terminar una mudanza, al instalarse en un nuevo hogar e inaugurar una nueva vida. Nenita se había mudado dentro de sí, para un sitio mejor. Y adentro es donde vivimos. Es extraño no verlo: el recibidor y la sala de nuestro hogar verdadero son los pensamientos, la cocina y el baño tan imprescindibles son nuestras emociones, nuestro ser es un país infinito y estamos negadas a revelárnoslo. En un hombre hallaremos esa revelación, y él en nosotras, si ambos nos fundimos y dejamos de ser dos. La fisión humana provoca una sobreproducción de oxitocina, para comer y para llevar. Nuestra abuela Nenita lo había descubierto, y se había otorgado la salida definitiva de esa parte de sí que la había quemado lo suficiente y la había transformado. No necesitó de tarjeta blanca para salir de donde lo hizo, ni de visa para entrar adonde se dirigió. No dejó de ir a fiestas, y por encima de eso, nunca dejó de proclamar esa sonrisa dibujada por una fuente de felicidad sin dependencia de lo externo. Su felicidad era de una cualidad distinta. Nenita esperaba seguir disfrutando de sus dos nietas, irse con ellas a España o a donde fueran a parar. Su capacidad de moción era doble: interior y exterior. No temía enfrentarse a una cultura distinta, a un estilo de vida opuesto al suyo. Se trataba del futuro de Sarita y Laura, quería participar en él hasta donde se lo permitiera la vida. Y vivió consumida por esa idea hasta la aparición del negro Chano.

Chano era un negro dulce y total, hecho de la misma fibra tierna y escasa de Mío, que renovó las sacudidas de hombros y de cintura del guaguancó de Nenita, a pesar de la advertencia: jamás abandonaría a su mujer y a sus hijos. Enseguida, como contando los minutos de súbito regalados por la vida, se dejó amar por su negro sin importarle los chismes del barrio ni la envidia de las mujeres de su edad, por mantener una relación con un hombre joven. Nenita dejó que Chano la enamorara, y dejaba pasar los días sin quejas ni amargura de un encuentro al siguiente. Nenita escuchaba cómo Chano nos llamaba la atención a Sary, a Laura y a mí, con ese tono suyo entre impositivo y azucarado, si bajábamos de la acera a corretear sobre el asfalto. Chano entendía que tanto sol nos empujara enloquecidamente a correr, a gritar, a escondernos, a reaparecer, como si hubiéramos presentido el alejamiento del resplandor, de los colores vívidos, y la proximidad del peso de las nubes, de la dictadura del frío. El padre de Sary nos regañaba desde adentro de la casa. Y Chano: Estoy al tanto de ellas, no te preocupes. Nenita descubría, en el portal donde le había traído café a su amante, lo que jamás sería capaz de aceptar su nieta: que el amor siempre es incompleto, frágil, y sólo lo conquista una mujer vestida de cojones.

El negro Chano era tan dulzón que hasta lo aceptó el padre de Sary. Una aceptación con visos de milagro. Después de todo, era a él a quien visitaba en la casa. Era su compañero de trabajo, y en el portal, paladeando el café de Nenita, trataban de arreglar sus mundos personales. Nenita nunca vio nada inapropiado en ser una abuela enamorada de un hombre joven, y decidió amar a Chano con mujer e hijos incluidos, hasta la noche del adiós. Recuerdo esa temporada insólita, la acechanza de las despedidas y la escandalosa pelea entre Sary y su madre.

Mi amiga jamás había deseado abandonar la Isla, se lo gritaba a sus padres, se lo repetía a su abuela. Es por tu futuro, le aseguraban, un día entenderás, es por tu bien. Sary, con esa persistencia suya, continuaba pataleteando y maldiciendo para no irse de Cuba. En un barrio donde era común hablar de brujerías, santos, espiritismo y limpiezas contra enfermedades y maleficios, no era difícil imaginar la posibilidad de convocar un poder misterioso y creador para quedarse en Cuba, en su barrio, en su casa. Los vecinos eran también familia, éramos como hermanas, y a mí tampoco me pasaba por la cabeza abandonar a Cuba en aquel tiempo. Sary no le preguntó a nadie cómo hacer su pedido, sino que se dejó llevar por su intuición, por un impulso.

Una mañana, al regresar de la escuela, fue al puesto de viandas lleno de calabazas y compró una pequeña. Le robó el pomo de miel a Nenita, y se fue a un rincón del patio a preparar su sortilegio dictado por la determinación de no marcharse. Con un cuchillo raspó la corteza de la calabaza, le abrió un hueco, le metió miel y le echó por arriba, le amarró una cinta amarilla y le dedicó el ofertorio a la Virgen de la Caridad. Vigiló las idas y venidas de su familia, cavó un hueco en una esquina del patio de tierra y enterró la calabaza «trabajada».

La situación de la salida empezó a deteriorarse: el papeleo se complicó, el permiso de partida no lo otorgaban, les decían que tuvieran paciencia. Nena, espiritista, cansada de preguntarse si había una barrera real o creada, interpuesta en los planes familiares, fue a ver a Clara, la del Cotorro, su «amiga de los años». La inolvidable Clara que tanto tenía en común con Nenita.

Clara había sido una jodedora de la vida y todavía lo era de alguna forma. Derramaba zalamería con hombres y mujeres, si no le respondían los buenos días en la calle o en la bodega. Oye, que yo sepa no hemos dormido juntas, advertía. Ay, Clara, perdona, estoy preocupadísima, a mi marido lo volvieron a coger en el brinco, ahora robándose un saco de azúcar de la bodega, lo «chivatearon» en el barrio. Bueno, ve por casa, tráeme un tabaco y vamos a revisarlo.

Clara había enviudado dos veces, le llevaba quince años a su marido coronel y vivía en una casa de dos plantas, sobreabundantes de ventanas. La puerta del portal, perennemente enganchada, sólo se cerraba durante la siesta de Clara y a la hora de dormir. En esa casa siempre a la espera de amigos, de clientes, de familiares o de extraños, el visitante tomaba café, y si era hora de almuerzo o de comida se veía en la obligación de saborear la famosa sazón de la cariñosa negra, casi centenaria, que atendía los asuntos mundanos de Clara.

La negra Tatá era la negranegra más linda que habíamos visto hasta entonces. Su boquita, su nariz perfecta, sus ojos achinados, tanto como su permanente dulzura, hacían de la visita al Cotorro, un regalo buscado. Tatá vivía en su apartamento del patio con salida a la calle por un pasillo lateral, y era una consumada palera además de atender el hogar. Las lengua largas hablaban del amor secreto de Clara y Tatá en su juventud, al emigrar ambas de Oriente a La Habana en los años cincuenta. Nadie sabe si eso fue cierto o no, lo evidente era el cuidado con que la negra, alta y de carnes sostenidas como por una juventud intocable, ponía en cada detalle de atención a las visitas. Los clientes de Clara al instante se enamoraban de la delicadeza de Tatá, de su insistencia en brindarles café, cascos de guayaba caseros o, de lo contrario, un vaso de agua muy fría que nadie se atrevía a rechazar. Era evidente el amor en aquel hogar, donde encajaba perfectamente el último amante de la dueña.

Un hombre en casa es un hombre en casa, repetía Clara citando el título de una famosa serie inglesa de televisión. Y dilo, aseguraba Tatá sirviéndonos a Sarita y a mí ese fantástico helado de limón hecho por ella, tómenselo y vengan conmigo para el patio, Nena y Clara necesitan hablar. Tatá siempre nos contaba una historia de su familia haitiana, cómo habían luchado por la independencia de esa isla y la habían abandonado para buscar un futuro en Cuba. Era una gran cuentista, adornaba la historia con seres míticos de los ríos y los bosques haitianos, y con canciones en creole. Para Tatá los años no pasaban, y nos seguía haciendo cuentos cada vez que Nenita y Nena iban a consultarse o a hacerles la visita a sus amigas. Si se enteraba, enseguida Sary le preguntaba a Nenita si podíamos acompañarlas. Tatá tenía asegurada su audiencia en el patio, bajo la sombra del canistel, en tanto nos brindara helado de limón.

Nunca he vuelto a sentir esa poderosa armonía de la casa de Clara. A sus amantes, uno a uno, les debe haber hechizado ese par de mujeres dichosas, sus chistes, su sabiduría, su dedicación a las plantas esparcidas por la casa, la música alta los domingos de limpieza general y el ruido de los baldes de agua con luzbrillante desparramados en el portal, el silencio y las risas presentes en las consultas a las cartas o a los caracoles, las fiestas donde se colaba el barrio entero y la fila de la conga que atravesaba la acera y se adueñaba del asfalto. De haber visitantes con carro en el barrio, se les avisaba que buscaran la Carretera Central por otra vía. ¿Fiesta del Comité, si ya pasó? No, para nada, es la fiesta de Clara, pueden venir si quieren.

Había ilimitado espacio tanto para lo humano como para lo divino en el hogar de Clara, quien jamás había aclarado dónde terminaba lo primero y empezaba lo segundo. No se hablaba de diferencias, no se sentían. Y si una de ellas osaba escaparse por la boca de un invitado o de un extraño, y menospreciaba o atacaba a alguien, si a oídos de la espiritista o a su intuición llegaban una provocación, un insulto o un simple comentario peyorativo, Clara se enganchaba al brazo del provocador y lo arrastraba al patio a conversar. En un rato reaparecían sonrientes, y el tipo pedía disculpas, son los tragos, compadre, perdona, no debía haber mezclado ron con cerveza, me ha vuelto a pasar, discúlpame, ¿eh? Jamás hubo un problema sin diluirse en presencia de Clara o de Tatá.

Sarita y yo acompañamos a Tatá y nos sentamos en las sillas del patio bajo la mata de canistel, frondosa y llena de redondeles amarillos. El cuento de Tatá fue interrumpido por una sonrisa de Clara y el rostro indignado de Nena:

Niña, dale, Clara va a verte. Nena se alejó musitando hacia los canisteles amarillentos. La espiritista tomó la mano de mi amiga, instándola a ponerse de pie, y le pasó un brazo por la cintura. La expresión de Clara era juguetona, pero respetuosa ante el disgusto de Nena. Las estoy mirando en este instante, yo no tenía la menor idea de lo sucedido. Me quedé en silencio contemplando a Nena cuya expresión infundía miedo, no me atreví a decir palabra en esa media hora que pareció una tarde completa. Al fin Sary apareció con sus ojos aguados, de la mano de Clara, por la puerta abierta al patio.

La espiritista se había fumado uno de los tabacos caros que Nenita le había encargado a Chano, escrutando las emociones de Sary. Esto está claro como mi nombre, le dijo observando las cartas, habla, soy toda oídos. Sary confesó su brujería llorando. Y Clara: Lo hecho hecho está, no llores, explícame los detalles. Le preguntó cómo había picado la calabaza, hasta dónde la había vaciado y la cantidad de miel que le había metido adentro y le había desparramado por encima: ¿Cuatro cucharadas?, ¿un vaso?, detalla. Sary lo hizo extasiada por las absorbentes fumadas de Clara en el tabaco. Para nosotros era un espectáculo verla fumando, consultando, nos transmitía confianza, sensualidad, misterio. Clara dio una larga fumada y tosió: Sarita, óyeme bien, un sueño te va a indicar lo que deberás hacer para romper esa brujería, después que lo sueñes Nena te va a traer a verme, ten confianza.

El viaje de regreso a Marianao, Nena lo hizo peleándole a su hija. El escándalo siguió en la casa. Nenita y Chano aguantaban la risa a duras penas, y sólo su intervención evitó que Nena descargara en su hija unos galletazos. Sary no se amilanó, le gritaba que no iba a irse de Cuba. Nena le respondía que era una equivocada y una desgraciada por querer perjudicar a la familia. Nenita le pidió paciencia a Nena: ¿Vas a seguir las órdenes de Clara o no?, dale tiempo a la chiquita para que sueñe, coño.

Sary soñó con un pájaro en una playa de arenas muy amarillas, y con otro enjaulado que ella se encargó de soltar. Nenita fue quien llevó a Sary al Cotorro esta vez. Entre risas y misterios, llenas de oxitocina, esa hormona producida por el contacto humano real, Nenita y Clara conversaron un rato. Sary y yo nos divertíamos con Tatá. Era un gusto contemplar las risas y el cariño de aquellas dos mujeres. Vamos, ordenó Nenita de pronto, Sary, te toca hacer trabajo involuntario mañana, vamos. Clara le había pedido tierra del patio de su casa y de los alrededores de la oficina de emigración. Nos fuimos con Nenita al día siguiente, a acompañar a mi amiga a su recogida de tierra. En unas semanas la situación de la salida fluyó sin trabas.

Recuerdo la despedida, muy cuarteada por el inventario, la inseguridad y los miedos de los que decidíamos irnos de Cuba en esa época. Nenita le dejó la mejor ropa suya y de sus nietas, a la esposa del hombre que ambas habían compartido por dos años, y permitió que el fuego del dolor volviera a hacer de las suyas. Nunca oí una sola queja en sus labios, ni por las escasez, ni por la obligación de abandonar la ciudad donde tanto había amado y había sido amada, por dejar las amistades que la adoraban, ni por el dolor de apartarse de un amante que apareció cuando ella sólo creía en sus deberes de abuela. Nenita aceptaba los retos, cargaba con el fuego posterior y lo dejaba quemarla las veces necesarias, como si hubiera nacido para quemarse en vida.

Desde que puso un pie fuera de Cuba, nunca quiso oír hablar de Chano. Se abrió al futuro que la esperaba, con su hija y sus dos nietas. Al reencontrarme con ella en Chicago, noté que de esos fuegos había salido una mujer infinitamente feliz, de setenta años bien vividos. Hacía rato esperaba la muerte, decía, pero volvía a recibir regalos de la vida cada día. Ahora el asunto era ayudar a sus dos nietas. Eso me decía cuando no había email ni esas infinitas conversaciones telefónicas por los celulares, que han secado de significado las palabras porque no vienen acompañadas por la sonrisa visible, por el toque en el hombro, por el brazo pasado por la espalda, por la cintura, por el beso de despedida, carentes de oxitocina. La tecnología actúa como un bloqueador de esa hormona fundamental.

Recogía a Nenita para irnos a almorzar algunos domingos, mayormente ella y yo solas, sin Sary, sin Nena, sin mujeres atormentadas ni intelectuales como Laura que ya estaba estudiando francés. Llevé a Nenita a los mejores restaurantes cubanos de Chicago por esa época, con la esperanza de que me invitara a comer uno de sus picadillos inolvidables, idénticos a los de Cuba. No soy yo, Rosario, ya puedo hacer el picadillo como debe hacerse, con lo que lleva. Nunca le creí. Sin sus manos, sin su gusto por la cocina, por cualquier actividad que hiciera, los picadillos de Nenita nunca hubieran sido los picadillos de Nenita.

Aun en su cama de enferma, Nenita nunca perdió la risa, la paz de sus ojos. Bromeaba, con su voz débil. Se murió tres veces, según el médico, peor de desorientado que nosotros. Cada vez que revivía faltaba por llegar alguno de sus hijos residentes en la Florida. A la tercera, la llevamos para la casa. La velamos una noche completa en su cama. Por la mañana llegó el hijo menor, seguido del médico, a declararla oficialmente fallecida. Se formó tremenda bronca familiar, porque unos querían acabársela de llevar para la funeraria y otros deseaban que el tío menor de mi amiga no se separara de su madre. Él asegura haber sentido una caricia leve en su mano. Nadie le creyó, a no ser Sarita y yo. Nenita era una fuerza capaz de demorar la muerte para despedirse de sus hijos. Creo absolutamente en ese caricia inadvertida, a pesar de haber sido declarada oficialmente fallecida a las diez de la mañana de aquel domingo triste.

Mi amiga Cecy heredó muy poco de esa fuerza de vida de su abuela. El dolor de perder a Nenita y detrás a Nena, sus dos pilares, la metieron en el camino de la salvación extraña de esa secta cristiana. Esto está diseñado para que la culpa se siembre donde debería haber permanente alegría. La salvación es alegría, un asunto de esfuerzo íntimo, personal, le dije, es vivir en el minuto y ver que la realidad no es la que nos han inculcado sino otra más interesante, es vivir las dos realidades y descubrir que son una sola. Una vez que nos damos cuenta de eso, los rituales, las arengas, las infalibilidades papales, los secretos, las escrituras sagradas y los negocios asociados con los clubs religiosos caen como una hilera de fichas de dominó. Una es libre y vive de verdad.

Me convertí varias veces en una marciana negra que cuestionaba a su amiga, hasta convencerme de estar perdiendo el tiempo: el fuego no podía atravesar el miedo de Sary. El miedo había ganado. El cinismo, la secuela final del miedo, ya se había apoderado de ella. Volvimos a discutir cuando me dijo que yo odiaba este país. Lo bueno es lo bueno, admítelo, Rosario, y está aquí. ¿Qué odio es ese, Sary, de que carajo estás hablando? Me dejó muda. No intenté explicarme, no me entendería. Le di la espalda, no le hablé durante meses. ¿Cómo carajo se podía odiar el país que nos había acogido, a la tierra de Janis, Josephine y Nina, la Vaughan, Steve Nicks, Grace Flick, Aretha, las dos Patty, Labelle y Smith, Barbra, Lena, las dos Carol, la Carpenter y la King, de Ealtha, de Ann y Nancy Wilson? ¿A quién se le ocurriría odiar el Cañón del Colorado, el Golden Gate, los Grandes Lagos, New Orleans, New York, ni siquiera a Chicago aun con sus hombres que no saben vacilar?

Es extraña la fuerza de la desesperanza y la tristeza, el campo fértil que encuentra en nosotras, en el sitio donde no existen ninguna de las dos. Qué terror tan grande el de mi amiga en aquella época dolorosa. La secta «cristiana» transformó a Sary. A veces, en los guaguancós que bailábamos en las fiestas, se abría el recuerdo de la alegría soleada que una vez tuvo. Su sonrisa, en esos momentos, casi me recordaba la de Nenita. El guaguancó la hacía una mujer libre por unos minutos, volvía a ser mi compañera de secundaria, la confidente de mi primer beso, de mi primer orgasmo pleno, de la mayoría de mis amores. Si alguien que no la conocía bien o no se acordaba, le brindaba un trago, Sary retrocedía con horror: No, no tomo, gracias. Se nos olvidaba que Sary y su marido no tomaban, no fumaban y raramente comían carnes. No sé cuál de los dos empezó primero con ese régimen tan anticubano de vivir. Aunque Sary y Mario abandonaron aquella iglesia, continúan arrastrando con sus estatutos hasta el presente.

Mío salió de Chicago una mañana sombría, como son la inmensa mayoría de ellas en esta ciudad. Lo preparé de lejos, con mis santos. Estaba acostumbrada a hacerlo. Me había pasado la vida resguardándolo de los amigotes para que no lo metieran en las drogas, de las mujeres descaradas y sin consideración para ese negro cariñoso, de su propia madre que lo incitó a meterse en el ejército para no pagarle los estudios y lo llevó un sábado desgraciado por la mañana hasta la oficina de reclutamiento. Ahora no hubiera sido necesario, los reclutadores se meten en las escuelas de primaria a hablarles a los niños de ocho o nueve años de los barrios pobres, a llenarles de sueños improbables sus cabecitas. A cambio, las escuelas reciben dinero del gobierno federal.

Mío nunca había estado realmente satisfecho con sus posesiones y con las mujeres que le sobraban, con frecuencia se sentía ahogado por sus exigencias. Deseaba conocer el mundo, esas regiones donde los seres humanos no vivían aparentemente divertidos ni felices como nosotros. Se aburrió pronto de esa diversión empaquetada e impuesta, desabrida y rígidamente configurada por lo cool.

Entre las organizaciones a las cuales se vinculó, estuvo la de unos americanos fuera de liga decididos a averiguar dónde estaba escrita la ley que obligaba a los trabajadores a pagar impuestos, diseñados originalmente para el exceso de las ganancias corporativas. Esta gente había descubierto una conspiración horrorosa entre el gobierno y el gran capital que vendía sin transferir lo vendido. Ambos justificaban de forma perfecta sus acciones, pero la ley escrita no aparecía por ninguna parte. Los impuestos eran para las ganancias de las corporaciones, no para el individuo común. Mío repartía panfletos, iba a los mítines y me explicaba: Tía, los abogados del IRS no lo quieren aceptar, no existe esa ley, a la gente en este país la mantienen adormecida con tanta porquería que le meten por los ojos. No les interesa reclamar su derecho de saber por qué le cobran impuestos no avalados por ninguna ley escrita. Ve a la web, se llama From Democracy to Fascism, esos americanos están «quemaos». ¿Y qué van a hacer?, le preguntaba. Seguir informando a la gente, quizás se despierten. Eso es imposible, le hubiera contestado hoy.

Por esos meses también apareció un libro cuyo autor preveía la influencia del Internet, de la información no jerarquizada ni autorizada sino caótica y disfuncional, emitida por cualquiera. Un sábado, en Borders, hojeé el texto. El tipo proponía un diálogo sobre el asunto, y sobre la libertad de prensa en general, pero lo habían atacado a rajatabla, según el prólogo. Me propuse regresar a leer fragmentos del libro, a comprarlo, el siguiente fin de semana.

Había desaparecido. Le pregunté al joven encargado, quien no pudo encontrar ni trazas del texto en la computadora. Despistada como soy, no anoté el título, y los libros mostrados por la pantalla de la computadora estaban completamente entonados con el permanente asombro y la novelería acompañantes de los juguetes tecnológicos. Loas, loas y loas. Un americano cincuentón e interesante había escuchado mi insistencia en hallar el texto y agradecerle al librero su inútil ayuda para hallar el libro desaparecido. El americano se me acercó: Conozco ese libro, no era good for business. No lo censuraron, me susurró sonriente, lo recogieron porque no es bueno para los negocios.

Mi hermana no masticaba bien las asimetrías políticas de su hijo. Le hubiera agradado un hijo republicano, cansino repetidor de las bondades del mercado, de la lucha por la libertad de Cuba y esas sandeces. Se encontró con un hueso imposible de roer por las frases hechas, las actitudes y las obsesiones con la Isla. Se quitó de arriba a su hijo en cuanto terminó la secundaria. Lo llevó en el carro a una de las oficinas reclutadoras del ejército, en un centro comercial de Melrose Park, el suburbio donde vivían en esa época, para que le pagaran una carrera. Al enterarme, tuvimos una discusión espantosa. El egoísmo de mis dos hermanas carece de límites.

Llegó la guerra y mi sobrino fue destinado al frente. Lo preparé con mis santos, pero Mío no creía ni en su sombra. Lo que hice, creo, fue prepararme yo, quitarme de la cabeza el constante presentimiento de que no lo volvería a ver. En su tercer o cuarto email empezó a usar la jerigonza que le había enseñado cuando era niño. Mezclaba la jerigonza con su español escrito tan malo, o con inglés, y me daba dolor de cabeza desenredar aquello. Logré desentrañar que tenía mucho que contarme y quería saber si lo entendería. Detecté la frase «peor que la guerra», y le respondí que entendía. Nunca podría imaginarme algo peor que la guerra y si lo había no deseaba oírlo. No obstante, estaba en la obligación de escuchar a Mío, de aliviarlo. Siguió escribiéndome sin detallarme nada. Más peor que la guerra, escribía, y de ahí saltaba a mandar saludos, a hablar del calor que soportaban, de las tormentas de arena. Y yo seguía espantándome sin saber de qué.

Carlucho vio lo mal que yo estaba con la partida de Mío y me avisó de un trabajo a tiempo parcial en la recepción de un edificio para personas mayores, donde vivía su madre. Sólo me permitían trabajar unas pocas horas, porque estaba deshabilitada y recibía un chequecito del gobierno. Esas escasas horas de trabajo semanales eran suficientes para huir de las preocupaciones y las constantes revisiones a mi correo electrónico en busca de noticias de mi sobrino. Las horas en el sótano, pegada a la computadora, se habían vuelto continuos intentos por recibir unas letras enredadas de Mío. Ese trabajo a tiempo parcial me proporcionaba una razón para dejar a un lado la ansiedad y tener el placer de vestirme, arreglarme y salir tres mañanas a la semana, cambiar de ambiente. Fui a la entrevista con el manager y me aprobó. Quería que empezara a trabajar enseguida, pero yo había preparado mi primer viaje a Cuba luego de treinta años. Consintió en esperarme tres semanas.

Gozar es absoluta presencia. Es poner en alerta los cinco sentidos. Es la muerte temporal del proceso de pensamiento, de sus cálculos, (re)ajustes, juicios, comparaciones, angustias, la extinción de los deseos y sus frustraciones acompañantes (querer gozar impide el gozo). La lista es infinita y la nutrimos a cada segundo.

Gozar es absoluta ausencia del yo. Es la desaparición inmediata de las voces apegadas al pasado que nos repiten en nuestras cabezas, una y otra vez, sus mismas historias. Gozar es el más justo antónimo de lo que conocemos por pensamientos. El goce, la vida, sólo ocurren ahora, en el cielo limpio de nubes de la mente. Las nubes son el sueño. Identificarnos es volvernos uno con cada nube. Es una trampa siempre abierta por la mente, es su naturaleza. La identificación posee un peso infinito que nadie nos obliga a cargar, como no sea el cuidado de la imagen. Estamos cambiando goce por apariencia, sacrificándolo en el altar de la imagen. Mal negocio donde los haya.

Si podemos ver esas nubes que entran y salen, y escuchar sus voces atadas al pasado, al dolor, quiere decir que no somos ellas, porque el que ve y escucha jamás es lo visto ni lo escuchado. Abrir, dilatar ese intervalo del que escucha (y ve), es la posibilidad de vivir, de gozar, de sentir la verdad. Ese intervalo es el silencio interior de la presencia (la ausencia del yo), es ahora, y podemos endosarle cualquier confuso nombre que se nos ocurra menos aburrimiento.

Para gozar de Cuba, como para gozar de lo que sea, no se puede acarrear el ayer glorioso ni lamentable, no se pueden evocar las cosas desaparecidas ni insistir en recrear lo que ya no existe y no regresará jamás. El dolor debe ser respetado pero, debe decirse, es el peor enemigo del goce, de la vida. Es que con esa carga en la cabeza y en las emociones, no se puede gozar. El goce es levedad. La vida real es goce permanente, cielo despejado.

Para gozar de Cuba sólo se necesitan tener gustos comunes, tanto, que no llaman la atención de nadie ni sirven para mostrar como trofeos. No son carta de supremacía ni de sumisión. Lo común es tan sabroso como efímero, no puede formar parte de lo que nos han enseñado a llamar éxito ni puede ocultar todo aquello que nos han condicionado para clasificar como fracaso. ¿Hay peor fracaso que dejar de gozar?

Esos gustos comunes pero imprescindibles que nos permiten gozar de lo que sea, incluida Cuba, no tienen etiquetas ni adjetivos, qué decir de adverbios. Crear un sintagma del goce es perdérnoslo, qué decir de armar un paradigma y regodearnos en él, asumirlo como verdad absoluta. No hay texto que pueda decirnos cómo gozar, eso sería tomar prestado el goce de su autor, identificarnos con él. El único mapa del goce es el ahora, la ausencia de nubes, la presencia del cielo. Esa levedad del azul.

Ver cómo un vecino le tiende una taza de café a otro, a través de una ventana decadente de La Habana Vieja, es gozar de Cuba. Sabemos que no habrá olor a Bustelo, el líquido no tendrá esa consistencia negra, esa textura que nos gusta, pero se goza. Lo brinda un brazo que se extiende sin esperar nada, como no sea a las manos que reciben la taza. Todavía puede gozarse de un café sin nombre, acabado de hacer para unas manos que van a extenderse desde el otro lado de una ventana decadente de La Habana Vieja.

Comprarle maní a una anciana vendedora por la Calle 23, y pagarle sin tomar los cucuruchos para que se los ofrezca a otro transeúnte, puede ser un goce peligroso: No, no te pongas brava, mi negra, yo vendo maní, no pido dinero. Comprarle más cucuruchos y comerse esos maníes zocatos delante de ella, y asegurarles que saben bien, puede también resultar en goce extraño. Palpar la piel de un antiguo enamorado, humedecida por el tórrido verano caribeño, catar sus sales o relamerlas, es gozar. Pisar las arenas de las playas cubanas, andar en chancletas por el Malecón, disfrutar del talento en una tierra que no se cansa de parirlo, también. No identificarse con las malas circunstancias individuales, ni con las buenas, puede ser una forma de gozo muy práctica, quizás lo más cercano a eso tan traído y llevado que llamamos libertad.

Se puede repetir, se puede ostentar, imaginar o soñar que se ha gozado. Pero gozar es algo más. Es inútil definirlo, el mismo intento de explicar el gozo lo mata. Sólo podremos saber lo que no es por el sabor interior que nos deje. Descartar el goce falso es acercarnos al real, de igual forma que ignorar las nubes nos aproxima al cielo. Aunque no existen mapa ni gurú que nos guíe.

La verdad, como el goce, es ese suelo que pisamos, es ahora.

Después de treinta años aquí, pensaba haberlo visto todo, y no estaba ni por la mitad. El edificio de viejos mayormente abandonados a su suerte, donde me estrenaba como recepcionista, es el reflejo de lo que la codicia imparable estaba pronta a depararme. Los viejos y «desabilitados» eran la indigestión, las heces de una sociedad enferma de gula, que se ingería a sí misma. Esos pobres viejos se habían pasado treinta y cinco o cuarenta años trabajando como animales, en la mayoría de los casos adaptándose a una cultura disparatada, promotora del sueño permanente, criando hijos y nietos soñadores, para ir a parar, en su vejez, en esa tumba cómoda, reluciente, donde estaban previstos todos los acontecimientos posibles. El sueño, o sea la muerte que habían estado viviendo, los había arrojado, al final, en una tumba irreconocible, de doce pisos, con una preciosa recepción, una elegante sala de estar, vistas al lago, pisos y alfombras relucientes e infinito entretenimiento televisivo. Se habían pasado la vida trabajando para retirarse con comodidad, y el circo de la codicia continuaba empujándolos: les subían el alquiler, el costo de las medicinas y los tratamientos, les ponían trabas para aprobarles consultas de especialista, les presentaban abogados en reuniones periódicas. ¿Para qué carajo necesitaban abogados? ¿Hasta dónde se extendían los conflictos, las tretas, el descaro irreconocible, para sacarles dinero a ellos directamente o a los programas de beneficio del gobierno?

Mis viejos eran en su mayoría de origen griego. De las demás minorías resaltaban un serbio negado a bañarse, un bosnio que se emborrachaba con él, añoraba Yugoslavia y me preguntaba sobre Cuba, y un italiano mal hablado, comiquísimo. Me quedé fría al descubrir a Luis el loco saliendo del elevador, con su bicicleta milenaria, el día de mi reestreno laboral luego de varios años sin doblar el lomo.

Luis el loco había vivido durante una temporada en una pajarera encaramada en un árbol, en el patio de la casa de mi hermana en Melrose Park. Mío había convencido a su madre para que lo dejara vivir allí hasta que Luis acabara de resolver su retiro por incapacidad, por locura. No sé qué clase de locura era la de Luis, un lince para colarse sin pagar en los shows de música cubana, en las funciones del festival de cine donde se exhibían películas de la Isla y en las fiestas. Desde que llegó por el Mariel, nunca había tenido un trabajo fijo en Estados Unidos (lo cual estableció un Record Guiness), se había acostumbrado a alimentarse en casa de la gente, dormir en las salas y los garajes, y en la primavera y el verano en el árbol de casa de mi hermana.

Mío primero hizo que la madre metiera a Luis unos días en el cuarto de invitados. Él, entonces, se levantaba e iba a sentarse a la mesa a esperar que le sirvieran el desayuno, se lo comía y se iba sin decir ni gracias. Por las noches se tiraba en el jardín o se acomodaba en los escalones de la entrada de la casa a esperar a Mío, a mi hermana o a su marido para comer. Reina le aguantó dos desayunos y dos comidas, y lo botó. Mío lo trajo de vuelta y convenció a su madre para que Luis permaneciera unos días en un rincón del garaje de la casa. Ese es un cara dura, ese no está loco ni nada de eso, es un haragán y un descarado, gritaba Reina con esperanzas de tocar alguna fibra de vergüenza de Luis parado afuera. El marido de mi hermana no se metía en nada, estaba prestado en esa casa. Mío abrazó a su madre y le habló con ese tono suyo persuasivo de enamorar a las mujeres. Reina le ofreció un último chance al loco, quien no quiso o no pudo aprovecharlo. Acomodó en un rincón del garaje la colchoneta que le dio Mío, y se aprestó a dormir.

En vez de orinar antes de dirigirse hacia Melrose Park en su bicicleta, hacerlo por el camino o aguantarse hasta la mañana siguiente, al loco se le ocurrió usar las enormes botellas de St Pauli Girl, la cerveza preferida de ese marido de mi hermana pintado en la pared, para depositar su orine. Ni siquiera pensó en botar en la basura las botellas, o vaciarlas en una esquina yerma del suburbio e ir a venderlas por unos centavos en un supermercado. Las dejaba llenas de urea y se marchaba a callejear como a las diez de la mañana. Fue la última gracia permitida por Reina. Luis se había ganado más reputación de aprovechado y manipulador que de loco, pero le seguíamos diciendo así.

Un día se vistió de payaso, se montó en su bicicleta milenaria y asaltó una sucursal del Midwest Bank con una pistola de juguete. Todo le fue bien durante el asalto al banco y la captura del dinero, incluidas las monedas de diez centavos, cinco y veinticinco que también exigió a punta de pistola plástica. La fatalidad lo persiguió al poner un pie fuera de la pequeña sucursal del Midwest Bank. Asaltar un banco y enriquecerse definitivamente había sido su esperanza amasada por años en el solar de Centro Habana donde había nacido, traducida en su sueño americano al poner los pies en la Florida. Casi cuarenta años después, realizado el sueño con vestimenta y maquillaje perfectos de payaso, la fatalidad hizo su detestable acto de presencia a través de las monedas que había exigido junto con los fajos de billetes. Luis el loco no se había percatado de las consecuencias al aplicar su filosofía de mantener un consumo bajo: la bicicleta sonaba con unas quejas que daban lástima, los pantalones, las camisas y los zapatos entregados por las iglesias se rompían de puro desgaste, y la mochila de tamaño mediano para demasiadas limosnas había empezado a rasgarse peligrosamente. De manera que las monedas escaparon al ritmo de los saltos y chillidos de la bicicleta, por los traicioneros descosidos de la mochila, dejando una estela fácil de seguir por la policía a partir del descubrimiento hecho por el gerente en los escalones de la entrada de esa sucursal del Midwest Bank, el banco de la comunidad. Luis el loco cayó preso en media hora. Cumplió tres años y batalló duro junto con su abogado para que le pasaran un chequecito de incapacitado mental.

Al llegar de Cuba y empezar mi trabajo de recepcionista, la organización griega se había zafado del edificio lleno de deudas y problemas por la crisis económica, lo había vendido a uno de esos engendros formados por el gobierno y una organización sin fines de lucro. El fin no sería el lucro, no obstante, abrieron el banderín para las rentas sin verificación ni nada. Por ahí se coló Luis el Loco, acompañado de unos cuantos borrachos y malandrines. Le leí la cartilla, lo amenacé con denunciarlo si robaba o le hacía algo a uno de los viejos. La cárcel te quema o te cambia, me dijo, es demasiado, los policías plantan evidencias falsas, venden drogas, asesinan, para qué contarte. Los cuentos eran escalofriantes, ¿esperaba mi lástima, mi compasión o serían reales? Quizás mitad y mitad, con él nunca se sabe nada concreto, a no ser su lema de consumo bajo que, por cierto, siempre había aplicado a la perfección.

Luis daba la impresión de estar sosegado, agradecido de haber escapado con vida (y con honor de hombre, según él), de aquel lugar. Repetía convencido: este mundo está gobernado por un bando de niños malcriados, insaciables, esto no hay quien lo arregle, la solución es bajar el consumo, los gastos, el sistema se jode, no lo aguanta.

Sí, baja el consumo sin vivir a costa de los demás, le advertí.

En la recepción del edificio había una pintura de una isla griega que no sé cómo no arrastraba a mis viejos de vuelta a su tierra de una vez. Sol, mar, un verano permanente según había oído, ¿qué hacían estos pobres viejos en un invierno de ocho meses, recortando cupones de ahorros, visitando las tiendas, deprimidos ante el televisor? ¿A qué le temían?

Los viejos cubanos pronto estarán viviendo una vejez distinta, divertida, con una alfombra roja televisiva sobre la cual desfilarán sus ídolos favoritos, ya no se sentarán en los portales a tomarse una taza de café ni a hablar, con conocidos o no, del calor o del frío, de sus nietos, caminarán menos por las calles y se les hará innecesario ir al supermercado porque podrán encargar sus víveres por teléfono (y hasta una Pizza Hot), habrá llegado el desarrollo a la Isla. Simplemente, serán puestos a un lado, a un lado cómodo, para que disfruten en su vejez de las últimas amenidades del primer mundo. Lo peor, creo, es que sonreirán de gusto.

A los pocos días de mi sorpresivo encuentro con Luis, el loco regenerado, conocí a Aniketos. Un griego paralítico (no paralizado), de unos setenta años, curioso e intranquilo. Se me aparecía en su silla de ruedas por los costados de la recepción, y me traía dulces, caramelos, hasta pizza. Aniketos, no quiero engordar, no como azúcar, gracias. Aniketos, ya almorcé, bueno, no importa, voy a guardar ese sándwich para la noche. Aniketos, no tomo sodas, te la voy a aceptar sólo hoy. Entonces me compraba jugos, ensaladas, frutas. Me miraba con tanta desolación, con tanta ansiedad, que no podía pedirle que siguiera gastando dinero en sus regalos. Teresa, la madre de Carlucho, enseguida comentó las atenciones con que me colmaba el griego de voz profunda: Son tus carnes prietas, Rosario, no está acostumbrado a verlas de cerca.

Teresa tenía unos ochenta años vitales, trabajaba de manicurista en la peluquería de los bajos del edificio. Cincuenta años en este país no la habían apartado del chismorreo cubano: ¿Ya pasó tu novio por aquí? ¿Te vino a ver hoy? Intercalaba sus preguntas dentro de sus constantes preocupaciones por el alza del precio de la gasolina y de las piezas para su carro, las compras y las quejas por las propinas escasas que le daban los retirados a quienes arreglaba manos y pies. A algunos de sus clientes acomodados los transportaba desde los edificios del barrio, los atendía y los llevaba de vuelta a sus apartamentos. Teresa luchaba por sus pesos las veinticuatro horas. Recibía mil dólares de retiro por el marido, quien había trabajado muchos años como chofer de guaguas y había muerto con el hígado desbaratado por el alcohol. Con ese retiro no clasificaba para ayuda del gobierno. No entendía el porqué de su masoquismo, estaba demasiado condicionada, era imposible hacerle ver la ridiculez de sus quejas. Quizás su show de lamentos y angustias la entretenía, le evitaba la depresión. La iglesia, que hasta donde yo sabía era un lugar para encontrar paz, tampoco lograba dársela. Se quejaba constantemente de los curas, con tanto que he hecho por Santa Ita y mira cómo me pagan, ese padre es un hijo de puta, yo creo que es medio maricón, no me ha dejado la llave del sótano y la gente está al llegar. Teresa era fanática de Santa Teresita y celebraba su día anualmente. El sótano de Santa Ita se llenaba de tortilleras y maricones amigos de Carlucho, que venían a comer a costa de Teresa, en esa celebración y la de la muerte de su marido. La gente preparaba platos cubanos, pero ella era la organizadora de las rifas y del éxito de los dos eventos más esperados de Santa Ita. Entraba y salía del edificio atormentada por la preparación de sus fiestas, aunque sin dejar de preguntarme por Aniketos. El chisme era otra de sus celebraciones permanentes.

Yo no me había dado cuenta de que la mirada de Aniketos había pasado de la desolación a la abierta curiosidad, de la amistosa conversación al deseo. Cada vez que aparecía por la recepción en su silla eléctrica, me miraba con sus ojos grandísimos, como si fuera distinta. Me había olvidado de los hombres que saben cómo mirar a una mujer.

El manager, un croata entero, me había advertido de estar alerta para avisar de cualquier problema de empeoramiento de un viejo enfermo o de una muerte. No pensé que fuera a ocurrirme tan rápido. Una viejita sola se había caído a la entrada de su estudio en el piso siete. El puertorriqueño encargado de la limpieza de los pisos, avisó al manager, mientras yo llamaba al 911. Se la llevaron para el hospital unas horas. Enseguida la depositaron, peor de sola que antes, en su estudio. Ni pregunté si la familia había venido, llamado o si tenía alguna. Las preguntas son inconvenientes, nadie está para responderlas porque nadie sabe nada del otro y poco de sí mismo. No pregunté.

Se me ocurrió proponerle al manager la organización de una especie de chequeo de vida, de los inquilinos delicados de salud. Cada día uno de ellos podría ser responsable, en cada piso, de tocar a las puertas y saber cómo estaban sus vecinos. Cada día no, va a ser imposible, la privacidad, tú sabes, me advirtió él, no lo van a aceptar, cada tres o cuatro días quizás. Reunió a mis viejos, y trabajosamente los conminó a ocuparse unos de otros. Teresa acabó por proponerse para realizar el chequeo en su piso.

Todo comenzó con buenos augurios, y yo estaba contentísima porque mis viejitos, además del chachareo de los anuncios televisivos, escucharían unos toques en su puerta y una voz preocupada por saber cómo estaban. Algunos se sentaban en el lobby a conversar. Empezaban conversando y terminaban durmiéndose. Aumentaba el grupo de quienes pasaban horas en el recibidor, la biblioteca y los pasillo, y pregunté si ocurría algo. Tú sabes, para ahorrar calefacción, la han subido, me explicó Aniketos. Había uno no tan viejo, el más deprimido, no se bañaba o lo hacía poco. Se le veía la depresión por cada poro de la cara, al pobre. Se le ocurría sentarse en el lobby, sin bañarse, y lograba despertar a quienes ya habían pasado de la etapa social a roncar abiertamente.

Se despedían y lo dejaban. Entonces se mudaban para la biblioteca o deambulaban por los pasillos. El lobby bañado en sudor griego permanecía desierto hasta el día anterior. Si el puertorriqueño encargado de la limpieza estaba de venas, echaba odoríficos y refrescaba el ambiente cargadísimo del lobby. Nadie comentaba nada, a excepción de Teresa, esta peste a grajo no hay quien se la meta, de seguro es de uno de esos negros, les han abierto la puerta a los delincuentes de Chicago. Teresa, no fue ningún negro, fue el deprimido. ¿Ah, sí?, el pobre, ese se mata cualquier día de estos.

La operación en defensa de la ancianidad, duró unas escasas semanas. La causante de su suspensión definitiva fue su iniciadora, Teresa, pues se olvidaba y volvía a tocar en las mismas puertas, a comprobar la vitalidad del residente con un grito de su inglés peculiar: jaló, jaló, you ok?, ok. Treinta y cinco viejos escribieron y firmaron una carta de queja y la «elevaron» a la oficina del croata enterísimo. Con esa elevación murió el asunto. Acabé por desentenderme de aquello. No podía hacer nada. Ellos justificaban de manera perfecta que no hiciéramos nada por ayudarlos. Nadie me ha podido explicar nunca dónde termina la frontera del aislamiento y dónde comienza la de la privacidad (o viceversa). Es uno de esos misterios jamás resueltos.

Mío continuaba escribiéndome en jerigonza. Es peor que la guerra, tía, estoy trabajando en la morgue, los cadáveres sin reclamar están cosidos por el pecho, los han abierto, los vacían. Me sentía desquiciada. Le confesé a mi cardiólogo lo aterrada que me sentía, debes cuidarte, no puedes hacer nada por él, nadie puede hacer nada. Malo, peor que la guerra, seguía escribiendo mi sobrino en la jerigonza que le había enseñado en su infancia. Pensaba que el negocio de órganos era sólo entre ciertos médicos y civiles. Una noche descubrió unas cajas extrañas en el avión que evacuaba a sus compañeros graves hacia una base militar en Alemania. Las cajas contenían neveras con órganos congelados. No había límites para el horror humano. Y yo no podía contar aquello. Tenía que tragármelo, trabajar con mis santos para que protegieran a Mío, ¿dónde carajo había ido a parar? Uno de sus compañeros se levantó la tapa de los sesos en la Green Zone y otro, al regresar, se colgó en un travesaño del sótano de la casa de sus padres cerca de Cleveland.

En medio de aquella desesperación por su suerte, los ojos desmesurados de Aniketos empezaron a convertirse en una suerte de refugio, de protectorado griego. Su humor inacabable, la súplica de su brazo estirado para que se lo apretara agradecida aun cuando yo había recogido las frutas o la ensalada, su expresión al contacto con mi piel, sus idas y venidas constantes por el recibidor, sus relatos de Atenas, de la hermosura de las islas, la guerra que destrozó a su familia y la pobreza que marcó su niñez, su dulzura, me llegaron a ser imprescindibles. Una tarde me propuso cocinarme comida griega en su estudio. Aniketos era un bicho, quería algo y lo consiguió. Yo se lo di, y lo hice más por mí que por él.

Después de tomar vino y comernos una irrepetible carne al pincho, siguió su historia. Hablaba mirándome con esa penetrante y genuina curiosidad masculina que no sentía desde los tiempos de Cuba, como si cada minuto me convirtiera en una mujer distinta. La mirada de Aniketos me había revestido de un misterio que él se sentía obligado a desentrañar. De momento, en silencio, sin apartar sus ojos de los míos, colocó una de sus enormes manos en mis piernas, movió su palma cálida en mi rodilla, esos cinco dedos tamborilearon en mis muslos mientras desplazaba los restantes con eterna paciencia en dirección a mi sexo, o eso creí. La enorme palma de la mano de Aniketos, cálida, muy paciente, y el tamborileo casi amoroso de sus dedos, no se detuvieron donde yo pensaba sino que se posaron sobre esa región no descubierta todavía, entre mi sexo y mi ombligo, y donde comenzaron a girar de manera imperceptible, borrosa. Su otro brazo me atravesaba la espalda a la altura de la cintura, sin presión, con indiferencia, y sus cinco dedos ahora tamborileaban en mi cadera o cerca de los que circulaban lentamente por debajo de mi ombligo. No sé cuántos minutos habrán pasado, tal vez fueron segundos, para que esos dedos entraran completamente en mí. Enseguida vibré. Durante esos segundos, empecé a morir entre los dedos del hombre, supe que aquel silencio, aquel vacío lleno era la muerte. De súbito me sentí arrastrada con suavidad a un costado, levantada por dos brazos que no forzaban ni oprimían, y colocada en las piernas del griego, y de súbito, encima de la meseta de la cocina. Sin saber bien qué ocurría, dejándome llevar, vi la cabeza de aquel griego tan paralítico como trastornado, entrar por debajo de mi saya y pegarse a mi sexo, a la vez que algo, su lengua supongo, despedazaba mi ropa interior y me rajaba en dos, como si fuera un rayo, una navaja de doble filo o la muerte. Aniketos extrajo de mí todo aliento, todo sentido de individualidad, de ser. No sé cuánto tiempo estuve sentada en la meseta de la cocina, ni cuántas veces morí, sólo recuerdo que al fin pude apartar de mí a ese griego enloquecido, de voz profunda, empujarlo para no caer sobre su silla de ruedas y desmadejarme pidiéndole que me dejara en paz.

Segunda Parte

Fuego

¿quién puede con esto?

la soledad, es un pájaro grande multicolor,
que ya no tiene alas para volar
y cada nuevo intento da más dolor.

Pablo Milanés

Mi hija se volvió así después de enterarse que no podía quedar embarazada. Eso creo, puedo estar equivocada, siempre fue muy diferente de mí. Yo quería verla como la cubanaza que no era ni iba a ser jamás, y la obligaba a comportarse de una forma completamente ajena a ella. No soportaba el dulce de coco, menos el pan con timba, al arroz con pollo lo miraba con asco, y si la obligaba a comerse al menos la mitad del plato, se quedaba con hambre y se aparecía luego con una McDonald's que le había ido a comprar su padre. Tampoco aguantaba los frijoles negros ni el picadillo de Rosario, cuando nos invitaba a comer y su sótano olía a Cuba por los cuatro costados. Ahí, en su niñez, a mi hija se le empezó a aflojar el abdomen y la grasa inició su espantosa acumulación en la espalda, de tantas hamburguesas que se metió.

¿Para eso le pides dinero a tu padre?, ni cuidas lo que te compras, ¿vas a botar esa ropa?, claro, como no te cuesta sudarla. Las madres de algunas de sus compañeras de escuela venían a casa, instadas por mí, a recoger las jabas llenas de blusas, jeans y vestidos de los cuales Sarita se había aburrido. Se antojaba de un abrigo o de unos zapatos en las tiendas, el padre se gastaba el dinero y a la semana se había aburrido de ellos y no quería volverlos a usar. No la soportaba. Quienes hemos conocido necesidades, respetamos el dinero. Al intentarle explicar el valor de las cosas, miraba hacia el otro lado como si le estuviera hablando en árabe. Bastantes galletazos le soné por hacerme ese gesto. La hice sufrir. La ignorante era yo, ¿cómo se va a poder con un estilo de vida que corroe los sesos? Te come el cerebro, y uno se lo deja comer a gusto. ¿Quién puede con esto? La hice sufrir. Aprendió español a la fuerza. Siempre que hablábamos me contestaba en inglés, yo me hacía la sorda y esperaba la respuesta en español, sobre todo si estaba pidiendo dinero. Si era asunto de dinero, la desgraciada hablaba un español mejor que el mío. Así, prácticamente a palos, mis hijos aprendieron a hablar bien su segundo idioma. Les leía poemas de Martí, les enseñaba fotos de La Habana, de Soroa, Viñales y Varadero, y les hacía escuchar música cubana a espaldas de su abuelo, quien no soportaba nada de la Isla a excepción de Clara y Mario. A pesar de mis trucos y de mis imposiciones, mis hijos se identificaban más con las fiestas del 4 de Julio, Halloween y el Día de Acción de Gracias, que con la Nochebuena y el Día de Reyes. Más con el pop y el rock que con el guaguancó, aunque me ripiara bailándolo delante de ellos, con despojo de pañuelo blanco y todo, en las fiestas cubanas, a las cuales por supuesto dejaron de ir al convertirse en adolescentes. Si fiestábamos en casa, se quedaban un rato, formaban su propio grupo, sin integrarse al cubaneo. Tardé bastante en entender y asumir lo inevitable, lo natural.

Mío era un ser aparte. Pasaba un rato con los jóvenes de su edad, y si oía a Los Van Van en el tocadicos, venía a aprender a marcar la música con los pies. Enseguida le cogió el ritmo, se volvió un maestro en las vueltas de casino. Observando los movimientos del Prieto, Mío aprendió a bailar casino con dos mujeres a la vez, haciéndolas girar alrededor mientras él permanecía marcando con los pies, casi en un solo ladrillito, desenrollando fácilmente los brazos suyos por encima de las cabezas de las dos bailadoras. En varias ocasiones intentó meter a mis hijos en la rueda de casino, por gusto, no sentían la música, no la vivían, no la gozaban. Habían salido al padre, quien al final de la jornada se había visto obligado a aprender a moverse con la música cubana o a correr el riesgo de verme bailando la noche entera con los demás. Era un pasmado, no sé qué le vi en los setenta, al conocernos en los quince de Melbita. No ha dejado de ser medio pajuato, le falta algo, no sé, quizás soy yo la del problema.

Nació en los States a finales de los cincuenta, ¿qué podría esperarse? Tal vez por oír y contagiársele la música cubana y los sacudones del guaguancó del Prieto, mi marido perfeccionó su desempeño íntimo horizontal, hasta se volvió creativo y me aplicó acciones combinadas de boca y dedos.

Mío es una excepción, un aborto de la naturaleza del Medio Oeste ¿de dónde le vino el sabor a ese negro, sin haber pisado jamás la Isla? Las fotos y las conversaciones llenas de recuerdos de los demás no pueden haber causado ese efecto tan arrasador en su personalidad, ¿será verdad que eso se trae al nacer? Quizás fue el contagio de Rosario, desde que nació fue el sobrino preferido de mi amiga. Mi negra era una plaga cubana en el Medio Oeste, nadie supo nunca cómo sustraerse a su encanto contagioso, ¿cómo iba a hacerlo su sobrino a quien se llevaba a pasear religiosamente los fines de semana, estuviera nevando, lloviendo o bajo un sol infernal?

Seguí sin aceptar la americanización de mi hija, tuvimos broncas terribles por los regueros en su cuarto; tiraba la ropa por dondequiera, dejaba los zapatos bajo la cama o por los rincones, amontonaba las sábanas sucias en una esquina, el baño lo mantenía repleto de discos polvorientos, rallados, humedecidos, de los cuales se había aburrido, había resultado ser una haragana para la casa. Era demasiado. No la soportaba, y no cesaba de mostrárselo. El domingo que nos amenazó a su padre y a mí con llamar a la policía y acusarnos de maltratarla, empezó mi proceso de aceptación: Sarita nunca sería como mi abuela o Rosario. Jamás habría entre nosotras esa conexión profunda, real, de dos mujeres a la vez confesoras y confesadas, desnudas de secretos, sin renuencias ni sospechas, alborotadoras, silenciosas. ¿Cómo habría navegado yo en los States sin mi abuela Nenita junto a mí, sugiriéndome comprender y aceptar unos hijos ajenos a mi manera de vivir? ¿Cómo habría sobrevivido sin una amiga con las agallas y el corazón acogedor de Rosario, sin sus abrazos, sin su incomparable picadillo al estilo de mi abuela, sin tirarnos a chismear en su camota del sótano? No puedo imaginármelo.

Estuve a un segundo de irle para arriba a mi hija y comérmela a golpes. Mi marido me detuvo. Miré a mi hija y noté su absoluta intención de cumplir la amenaza: llamar al 911 ó salir gritando hacia la calle. Una extraña nació en ella ese domingo. Se mudó con una amiga en cuanto consiguió trabajo en un McDonald's, se independizó, al decir de los jóvenes. Ni me respondía a mis mensajes en su máquina contestadora. Era una buena estudiante, eso me enorgullecía, y ansiaba creer que el tiempo dedicado a sus libros no le permitía llamarme. Estaba destinada a ser «exitosa», y eso iba a ser bueno para ella. ¿Consume drogas, es borracha, malhablada, bruta?, me preguntaban Nenita y Rosario, ¿es promiscua o inestable, masoquista o sadista? ¿No? Entonces déjala, es su derecho vivir a su manera, no le hagas la vida imposible. Mi hija Sara Elena estaba determinada a ser exitosa, y ya había dado un paso importante al entrar al college: se cambió de nombre, se puso Helen. En unos años completaría el proceso de encaminarse al éxito, al oficializar esa versión inglesa de su nombre y adoptar el apellido de su esposo yuppie americano.

Por su lado, mi hijo, con un sobrado talento para la pintura desde niño, en vez de desarrollarlo y encontrar un trabajo interesante, en vez de cuidarse para no dejar preñadas a sus mujeres, sólo se le ocurrió meterse a policía y casarse jovencito, qué puntería tuve para parir, carajo. No me sirvió de nada quitarle de arriba a la puertorriqueña mayor que él, fajarme con la madre borracha, sacarlo a la fuerza de casa de la chiquita, gritarle puta y amenazarla con acusarla de violación. En este punto la mirada de mi marido y sus carcajadas me hacían ver mi propio ridículo: la cubanaza había resultado tragada también por esta cultura que castigaba a las mujeres ligadas con chiquillos de dieciséis años. La mayoría de edad de los varones aquí es de dieciocho, creo, cuando ya hace mucho rato que pueden preñar. Déjalo, me dijo Nenita, está «embollao», ¿no quieres que sea un cubanazo?, ya lo es. Me ganaste, abuela, es cierto, sólo adviértele que no vaya a dejar la secundaria, por favor, eso es lo importante. No te preocupes, ya tu marido y yo le halamos las orejas. Nenita le había llamado de comemierda para arriba, le había recordado los sacrificios de la familia y lo había exhortado «a meterla sin embarcarse». De la vergüenza, mi hijo me hizo el cuento y me juró no volver a empatarse con elementos de ese tipo. Cumplió, por lo menos mi nuera no es borracha ni drogadicta. Aunque no deja de ser un personaje, ¿o seré exagerada?

Mi nuera siempre está al tanto de la ropa que me pongo y de los cambios en mi casa. Carece de iniciativa, no sé qué coño le hará a mi hijo en la cama. Debe ser la miseria que se comió viva a esa familia, son rarísimos. Esa gente sí comió tierra en México, son de un pueblo cerca de Morelia. El comunismo a la cubana les podría haber sabido a vida del primer mundo. El bautizo de mi nieto casi se jode por culpa de esa muerta de hambre, racista de mierda, de mi nuera. Mi hija se había empatado con Mío, estaban muy acaramelados en la fiesta. Mío la estaba enseñando a bailar un bolero, ni eso es capaz de sentir la condenada. Un bolero, que hasta un americano pajuato disfruta, mi hija no lo sentía, no podía moverse lentamente ni con un bolero cubanazo, la ansiedad se come viva a la gente, es un cáncer sin diagnóstico posible porque estamos convencidos de que es así como debemos vivir. Noté cómo Mío le acariciaba la espalda y la apretaba. Yo estaba cascabeleando de alegría, juraba que Mío me la iba a cambiar. Ese negro contagiaba, le sobraba energía, para comer y para llevar. A mi marido no le importaba que su hija se empatara con un negro como Mío. Mario es un baby boomer sin pinta del encanto hippie ni huellas de sabor cubano, no le interesa con quién se empate su hija mientras no sea drogadicto, borracho o haragán. Yo estaba encantada, soy una soñadora empedernida, me veía rodeada de mulaticos pendencieros, tirados arriba de mí, metiéndome los dedos en los ojos y halándome los pelos. Mis nietos jabaos o mulatos iban a crecer y acabar templándose a esas ejecutivas «exitosas» como mi hija, siempre apuradas, que miran su reloj llenas de ansiedad y finura, y en verdad andan detrás del último modelo de consolador en el mercado, o a la caza de uno de esos muñecos inflables de rabo grande, Dios mío, de lo que una se entera. Cada cual que tiemple como le dé la gana, no me refiero a eso, pero me incendia tanta ostentación de carro, mansión y tarecos, y al cabo no saben satisfacerse con un hombre, ni satisfacerlo como deber ser. Es la tensión con que viven, no las resisto. Mi hija es una de esas tensas. ¿Estará metida también en lo de los toys sexuales? Por su desespero diario, lo afirmaría. Una mujer satisfecha no camina con esa tensión de mi hija, con esa rigidez permanente. Ni en las fiestas puede relajarse, qué vida por Dios, si esto es ser exitoso yo prefiero morirme siendo una fracasada. ¿Éxito es sustituir a un hombre por un muñecón plástico, a un rabo natural por un consolador de pilas? ¿Éxito es ir a comprar esas cantidades de cremas y aditamentos para poder meterse una picha, porque nuestras cricas están secas? Mis nietos jabaos sí no iban a estar creyendo en el match.com, en los cuartos virtuales de la Internet ni en las redes sociales repletas de sonrisas falsas y poses copiadas de la televisión, a ellos les iba a gustar el material en vivo y en directo. Les iba a gustar olernos, sentir nuestras humedades; empaparse, hundirse en ellas. Mis nietos iban a ser unos jodedores de marca mayor, unos cubanazos como Mío, que ni siquiera conocía la Isla. Escuchándome disparatar, Rosario me miraba sonriente, incrédula. Esa negra preveía los acontecimientos con precisión.

En la fiesta del bautizo de mi nieto, la condenada mujer de mi hijo me llamó para su cuarto con tremendo misterio: Usted perdone, señora Sara, lo siento, no se vaya a molestar, pero ese ejemplo no lo quiero en mi casa. Me quedé en silencio, contemplándola, no sabía a qué coño se refería. Mi cara en los celajes la hizo explicarse: Señora Sara, le hablo de Mío. Exploté, le dije hasta del mal que se iba a morir. Defendí a Mío mejor de lo que justifiqué a mi hija, quien, contrario a lo que la ignorante se pensaba, debía haberse sentido dichosa de estar noviando con un negro tan atractivo como cariñoso e inteligente. ¿Dónde carajo iba a encontrar un macho natural en esta ciudad donde los tipos viven para arreglarse las uñas y las cejas, esclavos del gimnasio para exhibir músculos y mantener las nalgas paradas? Ya lo dijo Eva Mendes: No me interesan los hombres que prestan demasiada atención a su imagen. Eva debe estar pasándola difícil en California, donde quizás sea peor que en Chicago porque la cercanía de Hollywood no tolera ni una arruguita malquerida en la frente, de esas, adorables, en las pieles de los cuarentones. ¿Dónde coño mi hija iba a hallar un hombre que no se mire al espejo, se dé vuelta para revisarse el culo o acuda a atenderse las uñas de las manos y las de los pies como una adolescente? ¿Cómo coño iba una a acostarse y dejarse acariciar por unas manos de hombre con brillo en las uñas, por un tipo incapaz de violar o posponer durante una hora su programa de masajes en el spa o el endurecimiento de sus glúteos en el gimnasio, para revolcarse con una en la cama un mediodía de sábado o domingo? Jamás me acostaría con un hombre pegado a esa máquina diseñada para endurecer las nalgas. Me encantan las nalgas duras de los hombres, ¿a quién no le gusta lo bueno? Pero esa dureza la veo como un subproducto, digamos, de correr, en conjunto con unas piernas musculosas. ¿Un macho metido en una máquina diseñada exclusivamente para las nalgas? Hellooo? Please. A mí no se me pararía el clítoris con un hombre así. De sobra se ve la diferencia del subproducto y la dedicación específica a las nalgas.

Mi hija podía considerarse dichosa de que Mío la sacara de esta plasticidad ambiental y la acariciara sin pensar qué iba a hacer después. ¿Cómo coño se puede templar bien, si se está pensando en lo que se va a hacer después? Claro, nada de eso le solté a la estúpida de mi nuera, que había comido tierra en ese pueblo cerca de Morelia. Si no es ni capaz de dar lengua donde pide el cuerpo de mi hijo, ¿cómo iba a entenderme con una mujer incapaz de complacer a su marido? Mi bronca con ella por causa de Mío se extendió unas semanas, no quería verla ni en pintura. En vano, porque mi hija y el sobrino de mi mejor amiga duraron juntos lo que un merengue en la puerta de una secundaria cubana. Mío no la aguantó, imagino. Tan joven y tan llena de manías, tan regona, y con esa risa falsa, no le sale de adentro, suena a obligación. Es la necesidad de mostrar y de reiterar a todo el mundo la desbordante felicidad que siente. I have a great life, repiten a coro como una grabación, y mi hija igual. ¿Qué necesidad hay de reconocimiento de esa gran vida que disfrutan? ¿Se lo creerán en serio? ¿Con esa tensión permanente que no las deja complacerse con un hombre natural y recurren a los muñecones plásticos y a la gama de consoladores? No soporto esas tensiones, y son falsas también, para dar la imagen de lo exitosas que son. Lo falso se convierte en verdadero, se creen la historia, la viven, la gozan y la padecen. Calculan cuánto gana el amante, cuál va a ser su futuro, si es ambicioso y competitivo, firman el acuerdo prenupcial, distribuidor de posesiones, incluso esas todavía sin adquirir, inexistentes, y se siguen tensando. Al final, la tensión falsa se hace verdadera y deben correr a desahogarse con el muñecón plástico o el consolador. O se les ocurre fantasear con tipos desconocidos, sexo grupal, animalismo, lo kinki, los golpes. Ay, please. ¿Quién inventó ese éxito femenino? Un buen palo, relajado, les hubiera quitado de arriba esas tensiones y comemierderías. Un buen palo, ay, por cierto, quién se acuerda de eso.

La risa de Mío era radiante y contagiosa, como deben ser las bendiciones. Sus carcajadas se sentían. Lo aseguraba mi negra: sentir es real, ver es hipnótico. Las risas de el Prieto y Mío, acompañadas de la repartición de abrazos y besos, atestiguaban la presencia de Cuba. Una Cuba quizás imaginaria ya, sin embargo viva para nosotros. Ambos daban la impresión de haberse criado juntos en Guanabacoa.

Una sesión de aprendizaje con el Prieto, le bastó a Mío para cogerle la onda al guaguancó, saber cómo girar en un solo ladrillito y entrelazar y descruzar los brazos de dos compañeras de casino. Mi ensoñación era profunda. ¿Cómo se me ocurrió pensar que un negro con tanta vida iba a poder enamorarse de mi hija, vivir con ella y darme unos nietos jabaos, causantes de una crisis en el mercado de consoladores y de los juguetes sexuales en esta ciudad?

Ironías de la vida, como se dice en Cuba. El mejor trabajo que haya tenido y todavía conserva mi hija, lo consiguió gracias a su renegado dominio del idioma español. La muy cabrona no va a admitirlo, nunca va a agradecérmelo, y ni falta me hace. Esa es la vida. Por donde menos lo esperas, por donde menos quieres, por ahí te coge. La vida funciona así para que uno abra las orejeras cerradas por la «comemierdería». Estoy segura, aunque no me las doy de filósofa ni nada de eso. Lo he comprobado. Mi negra Rosario estaba de acuerdo conmigo, su aprobación le da a esa idea un certificado de calidad de cinco estrellas. La vida funciona así para que abramos las orejeras y los ojos, cerrados por nuestra comemierdería habitual.

El español se abría camino en Chicago. Una estación local de televisión daba fe de un fenómeno imposible de seguir ignorando por los mercaderes de tarecos e ignorancia. Dos semanarios bilingües ya se entregaban gratis en ciertas esquinas de los barrios latinos, y se lanzó otro totalmente en español apoyado por un importante periódico de la ciudad. Habían hecho una inversión grande dirigida a un mercado en constante crecimiento. La paridera es ilimitada en los grupos más pobres de latinos, y bendecida por las iglesias, sus curas y pastores, quienes parecen ver como mártires a los niños que vienen a morirse de hambre y a pasar trabajo a este planeta. En el nuevo semanario necesitaban vendedores fluidos en ambos idiomas. Mi hija fue aceptada enseguida.

Elisa era la presidenta del semanario Éxito. Positivo nombre, representativo del destino de los hispanos residentes en esta exitosa nación. Elisa es argentina, comunista en su juventud, había salido huyendo del Cono Sur en los años setenta con su familia. Ostentaba un increíble don de gentes junto con un aura constante de perfumes fuertes que permanecían en los pasillos y emanaban desde la puerta siempre abierta de su oficina. En unos meses, me hija sustituyó al jefe de producción del semanario, quien aburrido del frío regresó a su natal México. El Departamento de Producción es donde se traducen y elaboran los anuncios, o se preparan para su publicación los realizados por agencias, mi hija me ha explicado los detalles de la fábrica de mentiras donde se gana la vida. Las ganancias las producen los vendedores, los anuncios los produce este departamento. El Departamento Editorial completa esta fábrica de «servicio a la comunidad», «desvelo por la comunidad», «oportunidades para la comunidad» y «devolverle a la comunidad», entre otras ideas publicitadas. No sé cómo carajo pueden servir a la comunidad los chismes sobre cantantes y protagonistas de telenovelas, las tetas grandes de una, la «machanguería», el mal gusto, las noticias tendenciosas, las verdades a medias, las mentiras descaradas y los anuncios sobre Cialis, Viagra y las demás. Ignorancia al servicio de la comunidad. Distracción al servicio de la comunidad. Sueño profundo para la comunidad. Elisa debe haber visto cualidades en mi hija para ese puesto de trabajo que yo, su madre, no hubiera imaginado en ella. Ni siquiera había tomado español en el colegio, sino francés. Ahora odiaba a los franceses, por superficiales nada más y nada menos, y el español que le abría las puertas del éxito se lo había impuesto yo. Ironías de la vida. Esa frase debe ser cubana. Lo es, le aseguré, al enterarme de su súbita ascensión. Y se la repetí antes de abrazarla y felicitarla: Ironías de la vida. Ay, Mom, what do you mean?, please.

Yo estaba tan contenta como ella, por diferentes razones, claro. Me alegraba que empezara a ganar buen dinero, nunca me dijo cuánto ni se me ocurrió preguntarle, pero sobre todo porque se veía obligada a hablar y mantener vivo su segundo idioma. En el fondo, el éxito era mío.

Al año de trabajar como jefa de producción en esa fábrica de distracciones que resaltaba el éxito de los latinos emprendedores y realizaban su sueño de trabajar como animales para acumular tarecos, y en ocasiones reflejaba los asesinatos y la violencia de la ciudad, sin jamás ir a las raíces de los problemas, mi hija se casó con un yuppie americano, cuatro años mayor que ella, con quien había noviado en secreto. Me lo informó un domingo, lo trajo a casa, con una pizza tamaño familiar y sus platos y cubiertos desechables. Me lo imagino: el tipo hizo su cálculo y esperó ver el éxito de mi hija, o quizás su estabilidad al frente de la producción de esa fábrica de chismes y verdades a medias, antes de prometerle matrimonio. Se demoraron unos meses en establecer la fecha exacta, no me atrevía a preguntarle qué sucedía. En realidad, me daba lo mismo si se casaba o no, ni cuándo ni nada. Y aunque no me hubiera dado lo mismo, difícilmente le hubiera hecho una pregunta violadora de su sagrada privacidad.

Rosario y yo comentábamos, tiradas en su camón del sótano, que a lo mejor el novio le había presentado a mi hija un acuerdo prenupcial inaceptable y estaban discutiendo las modificaciones. Qué le correspondía, y a quién, en caso de separación por mutuo acuerdo, diferente de la separación por muerte o por enfermedad crónica, distinta de la separación por «pegadera de tarros» o de las infinitas causas de divorcio anticipadas a favor de los bienes terrenales individuales. El futuro marido de mi hija había sido un exitoso especulador desde joven, en tiempos de tiroteos y asesinatos por la ciudad, los cuales, por cierto, están regresando. Fue de esos que compraron edificios en la calle Southport cuando el barrio aún era presa de la guerra de pandillas y se esperaba su destrucción mutua. Yuppie previsor, buen seguidor del sueño americano de comprar barato y vender caro, hacer dinero fácil y rápidamente para continuar invirtiéndolo, compró dos edificios, uno en el barrio mexicano y uno en el puertorriqueño. Conocía el terreno, calculaba con precisión sus pasos. En pocos años muchos residentes de esos barrios fueron empujados a una segunda emigración dentro de la ciudad. Arrinconados, emigrados de barrio malo al cual le suben sus impuestos sobre la propiedad para ahuyentar a los menesterosos y atraer a los yuppies, y de barrio mejorado, si bien no tanto, a uno malo. Que no se detenga la rueda de los yuppies de Chicago, que compran barato y venden caro, y hacen emigrar a los emigrantes de barrios malos a peores. ¿Quiénes sino estos yuppies, iban a garantizar la prosperidad, el esplendor de la ciudad, la limpieza de sus áreas cochambrosas? Si los pobres quieren casas, que se muden para los suburbios donde podrán hallan precios asequibles.

La compañía yuppie del mi yerno americano, sacó a mi nuera mexicana y a mi hijo del apartamento que habían comprado. No aguantaron la subida de impuestos que les metió la ciudad. Es el mercado, mother, gentrification, you know, me explicaba mi hija, apoyando el desalojo de su hermano. Se mudaron para un suburbio en casa del carajo, se llevaron a mis dos nietos lejos de la ciudad, los separaron de mí por culpa del hijo de puta, insaciable, de mi yerno yuppie.

En cuanto arreció la crisis, en el periódico del éxito se comentaban posibles cortes de plazas de trabajo. Los despidos eran sorpresivos y veloces, para evitar reacciones histéricas, intentos de suicidios y demás perturbaciones. El trabajador despedido no lo sabe, llega por la mañana, el manager le informa en su escritorio cuál es su situación y le pide que lo acompañe a la salida. Ahí termina la historia laboral de la entelequia, a quien no se le permite siquiera decir adiós a sus compañeros.

La compañía había anunciado una reunión y todo el mundo estaba cagado, incluida Helen, mi hija. Llevaba noches sin dormir, tomando calmantes, relajantes y painkillers, bloqueadores temporales e inservibles de la realidad. En un rapto de madre cubanaza, la llamé para preguntarle si podía ir a verla. Imposible, me dijo con tono de «te doy dos minutos, habla». Le respondí que no se preocupara, su padre y yo nos adecuaríamos a las nuevas circunstancias si no podían hacer los pagos hipotecarios y perdían el edificio. Esta es tu casa, honney, lo sabes. I got to go, Mom, contestó apurada.

En la reunión trimestral de la compañía, que según Migdalia en esta época de crisis se realiza después de almuerzo para no brindarles ni agua a los obreros de la prensa libre, los CEOs hicieron chistes por un rato, rifaron dos entradas para el cine e informaron que por el momento no habría despidos. Los obreros recibieron con aplausos inacabables, gritos y delirio el manto protector del paternalismo corporativo.

A mi hija ya le han empezado a salir esas acumulaciones de grasa que nos salen a las mujeres cincuentonas a ambos lados de la espalda, y nunca tuvo mi abuela Nenita, supongo que por mantenerse activa y amante hasta su último suspiro. Cómo no van a acumulárseles esas grasas si lo que almuerza siempre es comida congelada. Compra los paquetes de Lean Cuisine y Smart Option, nada menos que opción sabia, los mete en una bolsa y se los lleva para el trabajo cada lunes. Los cinco paquetes los ordena en una esquina del congelador del amplio refrigerador destinado a los empleados de Éxito. Todo es rápido y conveniente. Oficialmente tiene una hora para almorzar y relajarse, como sus empleados. No la toma, se levanta de la computadora a hacer un chiste del cual espera la risa de sus subordinados, comprueba que se rieron estrepitosamente uno por uno, da la vuelta y se dirige al refrigerador colectivo. Abre el congelador, saca uno de los paquetes de Lean Cuisine o Smart Option, según la marca comprada esa semana, y lo pone en el horno de microondas. ¿Puede haber mejor conveniencia para la mujer exitosa que ahorrarse tiempo en el almuerzo? Sus subordinados quizás saquen sándwiches traídos de casa o un burrito que les sacie el apetito durante unas horas, para no pagar la comida cara del comedor en los bajos. Mi hija puede darse el gusto de comerse su plato congelado de pollo, pasta o carne, acompañado por unos vegetales o un pedazo de papa que deben saber a mierda. Jamás los he probado ni los probaré. Se come su manjar pegada a esa computadora causante de las acumulaciones de grasa en la espalda, en la cintura, que le ha tumbado las nalgas y le ha generado un abdomen flácido. Me lo contó Migdalia, la cubana que trabaja en el departamento editorial de la fábrica periodística. Migdalia la ha invitado a almorzar varias veces, y mi hija ha aceptado en ocasiones contadas con los dedos de una mano. Migdalia es medio cubanaza a pesar de haber venido chiquita de Cuba, lleva su arroz con frijoles en un recipiente y hasta carne con papas. Al principio creyó que mi hija era medio cubanaza, como si fuera obligación serlo. Es «leída y escribida» como era Rosario. Migdalia es pastora, tiene un master en religión y uno en no sé qué. Es editora en español e inglés, se pasea cómodamente por los dos idiomas. La conocí en una visita sorpresa que hice al periódico, para ver cómo se desarrollaba mi hija. Me había hablado de la cubana del departamento editorial, y corrí a saludarla y amigarme con ella. De cierta forma, me guiaba el deseo de continuar controlando lo incontrolable. Y aquellas grasas de mi hija me tenían enferma. Migdalia me contó lo de los almuerzos pegada a la computadora, junto con muchísimos chismes del periódico.

Dios mío, ¿dónde mi hija aprendió a alimentarse de esa forma? Deberías comer sano, yo no tengo tiempo tampoco pero al menos como viandas, frijoles, mucha verdura. Tú no eres hija de esos emigrantes que vinieron a este país porque estaban comiendo tierra, tú nunca tuviste esa miseria, naciste aquí. Mom, please. Y me repito las preguntas que no le hago por falta de valor: ¿Por qué esa obsesión con el trabajo y esa contabilidad constante con el dinero?, ¿por qué ese cálculo semanal de comida congelada?, ¿por qué ese miedo? Se gasta bastante en regalos de Navidad y en los cumpleaños de la familia, ojalá ese dinero lo dedicara a alimentarse mejor, paga a una cocinera, por favor, has llenado tu refrigerador de cajas de comida congelada, ¿a tu marido le gusta esa mierda?, en Chicago se puede comer comida fresca en muchos lugares, y no son caros, debes cuidarte, trabajas demasiado, necesitas tiempo para ti. Ay, Mom, please.

Al desgraciado yuppie de mi nuero le gusta cómo cocino, se desespera y me pregunta por la próxima invitación a comer comida cubana, el muy condenado. Y se aparece cargando un paquete de cervezas Miller Lite, aguachentas, baratas y desabridas. Dios mío, tantas cervezas buenas que hay en los mercados, y este tacañazo de mi yerno se toma esas Miller Lite aguachentas. Yo no tomo, pero lo bueno es lo bueno. Hasta un infante de un day care sabe que las cervezas alemanas son la primeras.

Mi hija se volvió una de esas yuppies que encaraman los pies en la consola del último modelo de convertible, durante los veranos, mientras el marido maneja, lo cual constituye el pretexto perfecto para declarar que las clases sociales son más evidentes en Europa que en este país. Encaramar los pies en la consola del carro y andar sin zapatos en los conciertos del Grant Park, y ya, soy cool. Y de paso, y lo que es peor, ser ignorante y estar orgullosa de serlo. Mi propia hija. Dios mío, mi hija preciosa, cómo ha podido volverse esa mierda, ¿cómo aprendió a vivir así? Con esas grasas en la espalda que su abuela ni yo tuvimos. Qué horror. Es la necesidad de amor real, sustituida por la comida, esta es una sociedad de gordos desamorados.

Generalmente los viejos son los que nos empezamos a poner cínicos, al ver que la muerte se acerca y la vida nos ha dejado sin nada, en pelotas, además de habernos convertido en ignorantes y habernos robado el sentido de todo. Me lo decía mi negra querida. Ahora los jóvenes descubren el sinsentido anticipadamente, porque pasan por todo lo posible y lo imposible con una rapidez impresionante. Mi hija se volvió cínica sin haber llegado a los treinta años, se encerró en ese mundo del trabajo, las compras y la televisión, con su marido, se encerró en su ignorancia adinerada, en esa comodidad muerta, Dios mío, cómo pudo sucederle eso. Tan linda que era, carajo.

Tenías de todo, mi amiga, no te cansabas de repetirlo, de aclararlo. Y te sobraba, no sólo para cocinar un picadillo tan sabroso como el de mi abuela. Eras rica, creo.

Nunca se nos olvidó la boliviana del documental que vimos en uno de los festivales de cine latino adonde me arrastrabas. La mujer amamantaba a su niño mientras una periodista la entrevistaba. Si hubiera sido por radio, nadie hubiera pensado que se trataba de una indígena hablando sentada a las puertas de su bohío: una casita de paredes de madera y techo de guano, con piso de tierra, junto a un río y rodeada por una vegetación impresionante. Y no era su perfecta expresión en español lo que nos asombró, sino su convicción al responder a la periodista: Sí, soy rica. La entrevistadora volvió a preguntarle, creyó haber entendido mal, y la mujer insistió con mayor convicción. No sé cuántos nos quedamos sin entender la escena. Tú, mi amiga, no fuiste uno de ellos.

Me habías pellizcado el brazo, como hacías en el cine Payret durante aquellas funciones de Fantomas y de sus secuelas. En los momentos de acción de la película siempre te daba por pellizcarnos los brazos a Nenita y a mí. Ante la declaración de riqueza de la indígena en la puerta de su bohío, me volviste a pellizcar después de treinta años. Te miré, y lo supe: estabas entre los escogidos que habían comprendido las ideas no manifestadas por esa pretendida rica de la pobreza. Te confieso que aún no me lo explico.

A veces caías mal, y lo sabías, se te escapaban ciertas frases cocinadas por el odio y la impotencia, al enfrentarte a lo que habías empezado a ver y me habías ayudado a descubrir: No dejo que me tenga lo que tengo, selecciono lo que me guste, no lo que me metan por los ojos. Rosario, nadie te está obligando a nada. No, exacto, se pasan las veinticuatro horas haciéndome sugerencias perfectas y acabo por creérmelas, como la de que el comunismo era la cura de todos los males. Ah, no seas comemierda, ¿de dónde sacas esa comparación? Sigue en lo tuyo, Sary, deja que te reciclen cien veces, llénate de tarecos innecesarios, compra ropa que nunca vas a usar para luego venderla, casi regalarla, en un yard sale, vive bajo esa presión constante por dar una imagen y deprímete como una yegua por las deudas y por vivir como si no tuvieras alma.

Mi amiga, a veces eras ácida. Ir a las tiendas para ti era una especie de obligación. Los Viernes Negros, después del Día de Acción de Gracias, una de las resonantes fechas del calendario, al iniciarse la temporada de compras navideñas, en vez de excitarte las rebajas y la persecución de las hojas volantes On Sale y preparar unas buenas tijeras para sentarte a recortar los cupones en los periódicos; en vez de ver aguardar y ver los anuncios por televisión, te ibas con Mío, quien te había enlistado en los seguidores de la Iglesia Contra la Compradera, a cantar el nuevo evangelio creado por actores de New York y propagado en las calles de las mayores ciudades del país.

El grupo se divertía endemoniadamente cantando parodias de gospels y spirituals a las puertas de las grandes tiendas, donde retaban a los compradores a no engordar las panzas de los CEOs ni a pagar por sus yates y queridas de lujo. La gente, sobre todo los latinos, no entendían qué podían hacer dos negros cubanos metidos en esa gozadera callejera anticonsumista en la cual lamento no haber participado. ¿Dos inmigrantes, supuestos conquistadores del Sueño Americano, mezclados con esa ralea de americanos comunistas, trasnochados incitadores a no gastar dinero en féferes ni tarecos? ¿Y en qué lo gastaban? ¿Libros, comida sana, música y alegría? ¿Qué significaba eso de consumir cultura? ¿Esas idioteces no habían muerto en el año ochenta y nueve con la sonada caída del Muro de Berlín? Lo de la ropa y las gorras con imágenes del Che eran pura moda, fuera de cuatro gatos nadie sabía quién coño había sido en definitiva. Bueno, Cuba está ahí, asegurabas con cierto orgullo, no ha desaparecido.

Me invitaste a que comprobara la parranda y la gritería de la Iglesia Contra la Compradera, por la Avenida Michigan, un verano. Iban cantando versiones en español de sus parodias, que tú y Mío habían preparado para llamar la atención de los turistas en la zona. Ustedes me besaron, y el Reverendo se presentó evangelizándome. Me enredé con los pliegos de su sotana de colorines. Enseguida siguieron bajando por la Michigan, con su gritería en español. Qué distintas las caras de ustedes a las de quienes salían de las tiendas, atormentados por el peso de las compras. El Reverendo se detenía de pronto frente a una joven ladeada por el cargamento de las bolsas de plástico, por las de papel puestas de moda durante la campaña Go Green de las grandes empresas, o interrumpía el paso lento de una cincuentona y le gritaba empuñando una cruz blanca: Hija mía, Dios te perdone el hipnotismo provocado en ti por esos enseres hermosos y por cierto útiles. Amén, gritaban ustedes detrás. Amén, recalcaban.

Me hubiera incorporado a los jóvenes, viejos, medio tiempos y niños de esa Iglesia, si hubieran salido a callejear en un horario conveniente. Te insultaste. Sary, te atrapó el régimen, estás hablando con el vocabulario de los zombies, obsérvalo, te están comiendo las neuronas y no te das cuenta. ¡Ay, chica, por Dios, estás igual que los comunistas! ¿Ah, sí?, bueno, por si no te has enterado, lo de conveniencia se usa menos que el Patria o Muerte, ¿o no, people? Yes, it´s very convenient, gritaron los acólitos jodedores a una señal de mi amiga. Ah, dije desapareciendo por la puerta giratoria de la tienda H & M, por donde pasábamos en ese momento. ¿Cómo coño iba a perderme las más espectaculares rebajas del año en las mejores tiendas del centro de la ciudad? Hasta ahí no llegaba mi amistad.

Si Betty Kennedy y Muguet Jones hubieran compuesto tres años atrás la canción Dear Mr. Gorvachev, interpretada por el Obispo de la Música Country, Billy Cerveny, Mío y su tía la hubieran incluido en el repertorio de parodias de la Iglesia Contra la Compradera. Quizás hubieran hecho una versión sonera de este ruego urgente de regreso dirigido al presidente soviético, pero con su cabeza protegida por un casco de constructor y acompañado de un pico y una pala, para responsabilizarlo con el levantamiento del muro que tumbó. Nunca pensé que iba a extrañar tanto a la URSS, dice el bis de la canción, y ahí Mío y su tía hubieran creado un puente en clave de timba con el fin de reafirmar la urgencia del pedido. Los miembros de la Iglesia Contra la Compradera, encabezados por su revoltoso líder, hubieran aprendido los movimientos timberos de cintura y hubieran montado un show aparatoso a lo largo de la Avenida Michigan, a riesgo de que algunos conservadores de visita en la ciudad tradujeran las simples contracciones gozosas, reclamantes del regreso del ruso, en vulgares y escandalosas reclamaciones sexuales inaceptables a los ojos de los turistas.

Mi amiga, muchísimo antes de tu conversión rojiza y tu pertenencia a la Iglesia de la Jodedera, como le puse yo, al estrenarnos apenas como compradoras independientes, tampoco pude arrastrarte a ningún Door Buster de las seis de la mañana, ni siquiera al mostrarte los cupones de rebaja tan buenos de la Macys. Te enfermaba oírme decir que iba a levantarme por la madrugada para marcar en la cola, fajarme con quienes intentaban colarse y correr matándome para ser de las primeras en entrar a la tienda. No, Sary, eso me recuerda los trabajos voluntarios, lo peor de la escuela al campo, levantarse de madrugada, no, no, ve tú, yo voy por la tarde, con tranquilidad, a ver si queda una blusa que me guste, si me sobran la ropa y las gangarrias, me angustia tanta tarequera, tú lo sabes.

Rosario tenía poco pero bueno, por algo era una negra fina y dominaba el inglés casi a la perfección. El sótano estaba lleno de su buen gusto: unos pocos cuadros de pintores amigos suyos, cubanos y americanos, unos muebles más cómodos que modernos, y una cama amplia donde cabíamos cinco mujeres habladoras con todos sus chismes y la mayoría de sus miedos. Mi amiga iba ligera, como si el Malecón le batiera por dentro en medio del frío.

Esta gente no sabe vacilar, repetía, viven tan avasallados por las cuentas, por los tarecos y los trapos, tan torturados por sus posesiones y por el miedo a perderlas, que no pueden vacilar como Dios manda. Sólo mira el mercado gigantesco de Viagra y Cialis. Ya sacaron una variante diaria de Cialis para que el hombre esté listo en cuanto llegue el momento (no la tome si padece de catarro, diabetes, presión alta, los riñones, no la mezcle con alcohol y corra al médico si una erección le dura más de cuatro horas); esta gente convierte cualquier cosa en una obsesión: la comida, el sexo, el carro, las relaciones, y si lo dices en Cuba te miran como si fueras una comemierda. Rosario y yo éramos dos comemierdas que pensaban demasiado. Queríamos explicarnos lo que íbamos descubriendo, entender finalmente dónde estábamos. Nos horrorizó ver hacia donde nos encaminábamos.

Ese paso tuyo, mi amiga, tan desafiante, parecía reírse del apuro, de las ansiedades, de la intranquilidad, del movimiento. Te movías distinto incluso en este frío. Eras un cacho de negra cubana que se seguía moviendo igual, en la lejanía del Malecón, como si no hubiera dejado nunca de batirte por dentro. Eras un desafío, porque hacías lo que fuera sin perder tu ritmo. Cuando actuabas velozmente, a la americana, nunca dejabas de hacerlo a lo Rosario: Hay que aparentar apuro, Sary, esa es la enmienda principal hecha a la Constitución americana, y yo la cumplo, aunque no me lo creo y no permito que esa velocidad penetre en mi vida fuera de mi trabajo. Aparento apuro y capítulo cerrado.

Eras un condenado desafío a estos tiempos, mi amiga, un desafío negro y elegante. Tu paso de negra fina te delataba. Aun apurada, tu paso era feliz y delicado, como si lo gozaras y disfrutaras de ti. Es una negra fina, te hubieran dicho en Cuba, y habla tremendo inglés, hay que oírla. Tu paso elegante te sacaba de Chicago, de su desgraciado frío y de sus hombres que no saben vacilar.

Tu rojez oscurecía en ocasiones: Estoy usando el tren y las guaguas, porque el carro se jodió, lo declararon inservible, me he dado cuenta, no lo necesito. Lo que veo por esas calles es espantoso, no lo puedo creer mi amiga. Cuánta soledad generalizada, qué profunda, infinita, es la soledad en una vida tan competitiva y codiciosa. Los hombres no te miran, no dicen nada. Cada cual con sus iPods metidos en los oídos o hablando mierdas por teléfono temprano en la mañana. ¿O ambos? ¿El que no es cliente, ni familia, ni amigo como se es aquí, quién es? ¿Qué significan para nosotros los que no nos ofrecen nada y tampoco nos piden? Los que están más solos son los que más alto hablan por sus celulares. ¿Será una forma de decirle a los demás que no lo están?

Aquel está parado en una esquina hablando, se ríe solo, bueno, con el teléfono en la mano, manejan hablando, hacen ejercicios hablando, trabajan hablando. Tendrías que verlos en sus casas. Encienden el televisor y ya. Vacilan un poquito, si les quedan deseos, mañana se trabaja. Qué va, esta gente no sabe vacilar. O no los dejan.

Un día Rosario fue al Museo de Bellas Artes Mexicanas de La Villita, a ver una exposición de cuadros de un pintor amigo suyo, y dos hombres que arreglaban una avería en los carriles de la estación del tren, un negro y un mexicano, la saludaron y celebraron su apariencia. Su figura causó sensación entre tanta gordura que hay en ese barrio de pobres, cuyo sueño americano ha venido convoyado por grandes acumulaciones de grasa en el abdomen y en las espaldas femeninas. El negro y el mexicano celebraron el paso y la figura de mi amiga, y hasta le preguntaron cuándo volvería por allí. Me escribió un email contándomelo en detalle.

Esos dos tipos, reparadores de líneas ferroviarias, le habían recordado a Rosario que el piropo había sobrevivido a los artefactos electrónicos. Le habían reparado sus recuerdos. ¿Cómo puede vivir una sola mujer en este mundo sin ser piropeada? Con un buen piropo, sorpresivo y a la hora oportuna, los hombres no tienen que sacarnos a comer, comprarnos flores ni siquiera decirnos I love you. Esa frase o palabra escoltada por unos ojos curiosos es la cena ideal para una mujer.

Sin un piropo previo no se puede vacilar.

No regreso a Cuba, me dijo Rosario por teléfono. ¿Qué pasó?, ¿tuviste problema con emigración?, ¿con la policía?, ¿te asaltaron? Sí, me asaltaron, pero no en la calle, ven y hablamos. ¿Te conviene el sábado? Sí, ven, que voy a meter un picadillo con todos los hierros. ¿Llevo algo? Ay, Sary, por favor, trae la boca, si acaso el estómago, me sobra con lo que hay en esa cocina para hacer el picadillo, ni siquiera puedo invitarte a una Pilsen o a una copa de Merlot porque no tomas.

Le advertí a mi marido que iba a pasar con mi negra el día completo. Llegué a su casa, la abracé y nos fuimos para el cuarto. Nos tiramos en la camota, oliendo la gloria que emanaba de la cocina. Rosario habló, descargó, lloró y casi se le quema el dichoso picadillo, no se lo hubiera perdonado porque no había una cubana en Chicago y de seguro tampoco en Miami, que lo hiciera como ella. Únicamente mi abuela Nenita cocinaba así.

No regreso a Cuba, me dijo cien veces. La vi, deprimida, comprimida. Porque, lógicamente, donde ella quería estar era allá. No querer estar aquí y no poder estar allá la había puesto en un estado de compresión fatal. La escuché. Era su tercer viaje, desde que había partido treinta años atrás. La compresión era familiar, provocada por su hermana mayor, una de esas cubanazas controladoras e impositivas que creen merecérselo todo: Está loca, me desmiente, me trata como a una chiquilla, hasta me manda a callar, aguanté demasiado, terminé con ella, que piense lo que le dé la gana, la culpa es de esos cubanos muertos de hambre con sus cadenas de oro al cuello y sus retratos junto al último modelo de carro o frente al casón, ¿por qué no explican que son del banco?, ¿por qué no retratan la comida congelada, las carnes con hormonas, las sodas matarifes con sabor a mierda?

Ángeles, la hermana mayor de Rosario, se había casado con un tipo importante del gobierno cubano, y había viajado y vivido como pocas negras cubanas lo habían hecho. Éramos unas niñas cuando fuimos a su boda. Todavía me acuerdo de lo asombradas que estábamos mi hermana Laura y yo, de que en pleno mil novecientos sesenta y nueve pudiera celebrarse semejante fiesta en Cuba. Comimos como unas degeneradas, había un combo que tocaba música de los Fórmula V y en el intermedio ponían discos de los Beatles. No podíamos creerlo. Mi hermana y yo tuvimos que usar unos vestidos de los años cincuenta desempolvados y arreglados por Nenita para nosotras. Los zapatos eran prestados, no me acuerdo quién. No he vuelto a ir una boda como esa, ni dentro ni fuera de Cuba.

Ángeles llamaba a Nenita para que le limpiara y le cuidara la casa, durante las largas estancias en el extranjero acompañando a su marido. Nenita nos llevaba a las tres, los domingos, para cocinarnos, hasta que nos cogió probándonos la ropa de Ángeles y robándole sus perfumes. En un pomito de loción de afeitar vacío, echábamos un poco de cada una de aquellas fragancias francesas y cargábamos con ellas para casa. Luego nos fajábamos entre nosotras tres a la hora de dividir el preciado extracto que olía a vómito. Nunca había visto y nunca volví a ver a mi abuela tan insultada. Nos dijo hasta del mal que íbamos a morir, y nos repitió cien veces que la dignidad es lo único que hace libre y verdaderamente hermosa a una mujer. Dignidad a cualquier hora, en cualquier circunstancia, gritaba tapando los perfumes y sacándonos las blusas a la fuerza; dignidad solas, acompañadas, en la juventud y en la vejez, a la hora de morirse, la ropa no puede embellecernos sin dignidad, los perfumes apestan sobre la piel de una mujer indigna. ¿Qué coño había querido decir Nenita, con esa palabra, a tres chiquillas hambrientas de trapos buenos, zapatos y fragancias? Jamás volví a verla tan descompuesta, y por cierto, tan adorable.

La familia de Rosario le dio la espalda cuando metió a Felito en su apartamento. Y no quisieron saber nada de ella al enterarse de la reclamación de su medio hermana, Reina, desde Chicago. Al marido de Ángeles lo bajaron de categoría en Cuba, de sopetón, quizás por la vida que llevaba. Ella se divorció, y a los pocos meses se casó con un carnicero. Al desatarse el período especial, parece que ni los carniceros pudieron sobreponerse a la suerte colectiva de los cubanos en la Isla. Ángeles estaba viejona ya, de seguro optó por quedarse con su carnicero aunque el tamaño de los bistecs y su frecuencia en la mesa estaban muy lejos de las expectativas creadas por su relación con ese hombre.

Ángeles se convirtió en una cínica. Desde la primera visita que Rosario hizo a La Habana, empezó a manipularla descaradamente: se inventó un cáncer que desapareció en el misterio, depresiones crónicas, un ataque al corazón. Infarto silencioso, le dicen los médicos, ni se entera una de que se fue, le informaba a su hermana. Y lloraba y todo la desgraciada. No podía imaginarme tanto oportunismo y desfachatez, en esa mujer que se había dado una vida como ninguna negra cubana, exiliada o no. Dejé que Rosario me descargara lo que ya sabía o adivinaba yo. Al fin nos sentamos a comer su picadillo fantástico, no pudo disfrutarlo, repitiéndome que no volvería a Cuba.

Tu corazón acabó por joderse, mi negra, como cualquier corazón de mujer. Se te empezó a joder cuando no pudiste salir a coger fresco y a caminar por La Rampa o por el Malecón, y se terminó de joder con el frío espantoso de esta ciudad, duplicado por sus hombres que no saben vacilar.

Me quedé sin preguntarte unas cuantas cosas. Me voy a quedar sin entenderlas ahora que te fuiste. Hubiera querido saber qué viste en tu marido pájaro como para decidirte a vivir con él y meterlo en tu apartamento. ¿Qué descubriste en Felito, mi amiga? ¿Qué piropos te decía en la intimidad? ¿O qué caricia inesperada? Sabíamos que Felito era maricón. Hubiéramos tenido que ser ciegos y totalmente sordos para no darnos cuenta, tampoco te criticábamos. Era tu opción y te la respetábamos, aunque no deja de molestarme el haber perdido una oportunidad de aprender. ¿Qué podía tener un maricón que no tuvieran los hombres, para que vivieras con uno cinco años? No lo sé, no podré saberlo porque te fuiste, y Felito no sé por dónde andará. Dejó Cuba primero que tú, su padre lo reclamó y andaba por Miami. Te fue a recibir al aeropuerto, y a embarcarte para Chicago, donde te reunirías con tu medio hermana. Al reencontrarnos, luego de varios años, me lo contaste, era un capítulo cerrado. No sentías rencor, nunca lo sentiste. Y antes, en Cuba: ¿Felito? Se va, su padre lo reclama, me lo había advertido. Capítulo cerrado, Sary.

Mi amiga, ¿cómo hacías así, para vivir tan enteramente? ¿Eran tus pasos afincados en el ahora? La felicidad que sentías al lado de Felito te la bebiste minuto a minuto, como si presintieras una sed futura que nadie llegaría a saciar de igual forma. Mi negra, te envidiaba tanto. Muchas mujeres tampoco sabemos vacilar. Qué manera de complicarnos nosotras y de complicarle la vida a nuestros hombres. Qué manera de temer lo que pueda pasar, que no nos permite vivir y disfrutar lo que está pasando. ¿Por qué te moriste tan pronto, mi negra querida? Las mujeres como tú no debían morirse, o debían hacernos el favor de morirse muy viejas y «cañengas», porque siempre retienen un secreto en el tintero, aguardando la oportunidad de comunicárselo a las demás a través de un gesto inesperado, de una frase clave, concisa, de un cambio de actitud al enfrentarse a un problema idéntico y en apariencia nuevo.

No puedo resolver eso, no puedo cambiar a mi hermana ni a nadie, me susurrabas afincando tus pasos en el presente, lo único que puedo hacer es apartarme de una relación abusiva, dañina, lo que no tiene solución no es un problema. Ponte a pensar, ¿por qué preocuparse indefinidamente por una situación sin salida? ¿Quién te obliga a ello?

Cierra ese capítulo, Sary, murmurabas agarrando una blusa. La tocabas y la pegabas a tu piel sin preguntarme nada, en tanto yo insistía, volvía a repetir las mismas frases cientos de veces. Lo usual: los celos, las sospechas, la insaciabilidad y la inseguridad de los hombres. ¿O la mía? Y tú: Cierra ese capítulo, Sary, no puede vivirse con esas dudas constantes, te comen viva porque las acumulas en tu cabeza, eso es un cáncer psicológico, te roba energía, te desangra y te agota mentalmente, y la vida no cambia, acopia felicidad, mi amiga, no desconfianza ni reservas. Te respondí con una frase cínica que oía a menudo en este país: Ay, como he aprendido en este segundo, eres una gran maestra, toda una psicóloga, ¿por qué no haces un show como Ophrah?

Una ironía socorrida si te intentaban adoctrinar. Un buen consejo, una opinión diferente, eran adoctrinamiento. En una sociedad donde cada cual busca una guía escrita, un how to que desmenuce los pasos a seguir para clavar un cuadro en la pared, o para templar, un buen consejo, espontáneo y desinteresado sonaba a adoctrinamiento, un menoscabo del sagrado espacio individual o abierta intromisión, en dependencia del oyente. Claro, eso lo descubrí después. En ese entonces sólo deseaba una oyente, no una consejera. Me desesperabas a veces, lo confieso. Está tan arraigada la costumbre de no sugerirle a nadie qué hacer ni cómo comportarse, que enfrentada a tu manera de vivir sólo me daba por volverme cínica. Tú volvías la espalda y te largabas, desaparecías unas semanas, hasta que te llamaba para pedirte disculpas. ¿Disculpas por qué, Sary, por favor? Me recibías como acostumbrabas, con tus inolvidables dientazos blancos expuestos en una sonrisa distinta y genuina siempre.

Coño, mi negra, cómo carajo te has ido tan pronto. Cómo has podido irte así. Ya sé que una se marcha en cualquier momento, aunque estoy segura de que tus sesenta años tampoco te tuvieron. Te mantuviste delgada, sin probar mucho de esas carnes llenas de hormonas que hinchan, ni tomar demasiado licor porque adormece las neuronas, y sin comprar muchos tarecos ni muchas gangarrias porque te angustiaban. No sé si fue que te dejaste morir en ese sótano presagioso. Estabas muy contenta con tu nuevo marcapaso. Te sentías bien: Voy a embullar a Mío para irnos a Brasil, cuando venga de la guerra, que lleve a una de sus novias, voy de chaperona. Quizás me den un lenguazo carioca en la playa por la madrugada, como en Santa María, ¿te acuerdas, mi amiga? Hello?, please, le advertí riéndome, recuerda que en Río asaltan hasta a los homeless, ubication.

Te quedaste sin ir a Brasil, donde los hombres te caen arriba como si una supiera a jamón. A una compañera de trabajo, una americana con sangre italiana, un mulato brasileño le sacó conversación en las arenas de Copacabana. A los dos minutos descubrió que la lengua del tipo había entrado en su boca, y entraba y salía a ritmo de samba. Te lo conté. Cómo besan, mi amiga, seguro que nos hemos perdido algo grande. Hablamos de ir juntas. La lengua de un hombre es la única carne sin hormonas que podemos comer en esta ciudad. Una lengua de cubanazo, es lo que necesito, te revelé acostada en tu camota, no como la de mi marido que nació y se crió en este país y dejó de saberme rica hace tiempo.

En los últimos años las comparaciones con Cuba se habían vuelto recurrentes. No habían sobrevivido los recuerdos de la sombra de ojos preparada con tizas de colores, molidas y disueltas en el desodorante de pasta blanca, ni los zapatos prestados cuyas puntas rellenábamos con algodón para que se ajustaran a nuestros pies, ni los chícharos con huevo y arroz. Cuba era el mar, la música, la gente sentada en los portales, los abrazos, las puertas abiertas de las casas, el amor iniciado con unos besos sin fin en el Malecón, las caricias detenidas en nuestros senos, los cuerpos entreverados, infinitamente felices y silenciosos, o acompañados por el triquitraque de una cama vieja, desarmada, y un colchón con un cráter incomodísimo en el centro.

Con estas dos guerras, Rosario y yo nos volvimos comunistas para la gente de Miami. Nos cagábamos en lo que pensaran. Y nos empezaron a sacar de quicio esos americanos para quienes sólo contaban los tres mil muertos de las Torres. Los niños y las mujeres que estaban muriendo del lado de allá no valían un centavo prieto.

Mío le escribía a su tía hasta dos veces por semana. Reina se veía obligada a llamar a Rosario para saber de su hijo, Tia esto esta malo, más peor que gerra, esta muy malo. Rosario le pidió que no maltratara a Cervantes y le escribiera en inglés. Mío siguió quejándose en inglés, sin dar detalles. Rosario jamás volvió a ser la misma. No demostraba el terror que sentía, sin embargo, sus gestos, su mirada, sus pasos y su respiración hablaban, translucían su interioridad. Seguía con su vida prolongada por un marcapasos y con una desesperanza aplastante.

Mejoró de ánimo al empezarnos a involucrar en una organización nacional contra la guerra. Me repetía que al fin se sentía útil. La información que difundían por la Internet, y que nos entregaban directamente, nos horrorizó. Nada de aquello se mencionaba en televisión: violaciones, asesinatos a sangre fría, tráfico de órganos humanos. El ejército usurpador, que traía libertad y democracia, tenía una sombra crecientemente alargada y tenebrosa, de la cual nadie hablaba, ni siquiera la «prensa libre». ¿Y qué podía esperarse, si al comparar estas guerras con la de Vietnam tampoco reconocían las atrocidades cometidas? Hablaban del éxito que había sido ese genocidio. Y la gente de Miami se atrevía a mencionar a la propaganda comunista en Cuba.

Un día Rosario me escribió: Mío viene de vacaciones, Sary, debe haber salido, debe estar en camino, le tenemos tremenda fiesta preparada, con striper y todo, ese negro se volverá loco, tenemos que convencerlo para que se quede, tienes que ayudarme, Sary, no puedes dejarme sola en esto, que se mude para Canadá, que se vaya para México, para China. Mío no puede regresar a esa guerra de mierda, no lo voy a permitir, no lo voy a dejar.

Mío estaba en camino, aunque no como Rosario se lo imaginaba. Unas horas antes de abordar el avión que lo traía de vacaciones, había sido abatido en una emboscada vuelta fatal por el miedo de sus propios compañeros de armas.

Mío y la palabra que encubre las ráfagas disparadas por el miedo: amistoso. La verborrea satánica de las guerras: daño colateral, fuego amistoso. Una guerra debe causarla una razón clara, y deben ser hombres maduros quienes la inicien y la hagan. En un bando, fotos de la novia, de la familia, y por la noche la revista pornográfica que se pasan unos a otros por órdenes superiores. En el bando contrario, una oración que hubiera sido hermosa si no la dijera una fe brutalmente adulterada, corrompida por el odio. En el medio Mío, quería pagarse una carrera, nunca supimos cuál, de seguro una para aprender a crear algo con esas manos suyas, enormes, que se apoderaban de las mujeres y se demoraban eternamente sobre sus senos y sus cabellos.

el pájaro solitario

where have all the flowers gone? Long time passing.
where have all the young men gone? Gone for soldiers every one.
where have all the graveyards gone? Covered with flowers every one.
when will ever learn?
Pete Seegers

Mawlana y sus derviches aspiraban a arrancar
a las almas de su letargo mediante la danza.
Juan Goitisolo

Desde anoche no se han escuchado tiros, sirenas de ambulancias ni de carros de bomberos. Los pandilleros y los narcotraficantes estarán de asueto, o se habrán dado cuenta de que los están dejando matarse unos a otros y decidieron firmar una tregua para apoyar la votación y el probable triunfo del primer presidente negro de Estados Unidos. Los pirómanos quizás hayan pospuesto durante veinticuatro horas los trucos para cobrar seguros de incendio por sus casas o por sus negocios.

Este día de elecciones ha sido precioso, en su doble significado. El lago que reinterpreto como mar, amaneció con esa calma chicha del verano caribeño, sin su canícula. La inmensidad del Lago Michigan siempre me ha ayudado a paliar el frío, los vientos huracanados que se desatan en sus riberas y el temperamento impredecible de los residentes del Medio Oeste. Para mí este lago es el Mar Michigan. Y la fiesta se desata en una de sus populosas riberas.

El alcalde, quizás al tanto de la colaboración de los pandilleros al evento, rechazó todo tipo de preocupaciones por la seguridad de la multitud que se va a reunir en el centro de la ciudad, y exhortó a acudir a la celebración aun fuera de la zona designada. Ahí están las calles, las aceras, las azoteas a disposición de la fiesta y de la ostentación del orgullo que los Chicagoans sienten porque el próximo presidente de la nación vive en la Ciudad de los Vientos.

Es cierto: los cambios que se avecinan no serán espectaculares. No podrán serlo, dos partidos con variantes ligeras en sus propuestas, no pueden provocar ninguna conmoción. El asunto se remitirá a aumentar un poco los impuestos y apoyar servicios sociales. Si acaso, las tropas desistirán de implantar esta democracia bipartidista y decolorada en esos territorios petroleros ocupados.

Los niños pobres (desventajados, como sería cool decir), continuarán en aulas abarrotadas y escuelas desorganizadas. Muchos consultorios médicos conservarán la atmósfera de una fábrica de producción continua, despersonalizada (el cliente/paciente quizás no tenga razón para gastarse su dinero inútilmente). Los religiosos conservadores seguirán más preocupados por los no nacidos que por los infantes que ya están viviendo en este planeta, y les continuará importando un bledo los niños asesinados por estas dos guerras descaradas y aquellos que habitan en zonas pletóricas de pobreza (by the way, ¿y ese Haití quién es?). La violencia pandillera seguirá llevándose vidas de jóvenes o de camorristas ya desgraciados por la miseria, las drogas químicas, televisivas, la soledad de la Internet, o embelesados por el «más» que les proponen por doquier, para que sueñen en lugar de vivir. La hipnosis ocasionada por los objetos aumentará, y permaneceremos al servicio de lo último que nos venda la tecnología (ya está a las puertas la próxima generación de muñecas/os inflables, una ringlera de nuevos y convenientes productos para el sexo en solitario, o sea, acompañado de algo). La lista de los cambios que no veremos sería infinita.

Sin embargo, hay causas para festejar. Por el Grant Park ha de andar celebrando el negro que casi me hace la historia de Chicago durante veinte minutos en el tren elevado, acabada de llegar de Cuba. Un negro muy viejo y duro de pelar, que conoció a Al Capone. Y también debe de estar aquí la negra desconocida con quien Nenita y yo intercambiamos comentarios en un restaurante cubano, de mesa a mesa, acerca de la incomprensible matanza del día anterior en la escuela Columbine. Por algún rincón designado para los incapacitados podría estar aquel negro en silla de ruedas, que pedía dinero a la entrada de un supermercado Dominicks una noche de enero verdaderamente miserable. Le eché un dólar en el vaso de plástico y le pregunté cómo aguantaba ese frío. You know, dijo, como para convencerme de que las limosnas no eran para gastar en drogas ni en alcohol. Los negros cuarentones que venden periódicos frente a Hollywood House, donde residen mis viejos, también han de estar vacilando con sus familias. Bajo el frío, los vientos huracanados o soportando una nevada, venden periódicos y hasta se atreven a gritarse chistes y a carcajearse si la luz verde los empuja hacia las aceras. Parecen orgullosos de ganarse la vida honradamente en esas condiciones.

En alguna parte del país estará feliz la joven periodista rubia que entrevistaba por CNN al negro con su hijito de brazos, en las horas posteriores al paso de Kathrina. El hombre le describió cómo se había visto obligado a soltar a su esposa y a su hijo mayor, y verlos arrastrados por la corriente, para salvar al pequeño. La periodista, con el agua por las rodillas se echó a llorar. El padre no sabía adónde acudir ni qué hacer.

Por ahí han de andar, jubilosos también, esos judíos de edad tan diversa como sus físicos, amigos de Mío, que vi un fin de semana gélido repartiendo octavillas en apoyo a los palestinos, con las fechas y los horarios de eventos de recaudación o de conferencias que abran tantas entendederas tupidas. You're doing a great job, se me ocurrió decirles recogiendo la información. La mujer me dio el pésame por la muerte de mi sobrino y me agradeció rápidamente la frase, había demasiados paseantes y compradores a las puertas de las fabulosas tiendas de la Avenida Michigan, a quienes mostrar que el mundo es ancho (aunque no debía ser ajeno), que conocerlo e interactuar con él puede ser tan interesante como ganar dinero para salir a gastarlo.

Y seguro que han de estar contentos esos árabes que se manifestaban contra Bush en el centro, explicando en una enorme tela que Moisés y Jesús eran reconocidos como profetas en la misma línea de Mahoma, el último de los grandes. Trataban de abrir brecha en la ignorancia: el fundamento del temor a lo diferente.

El Reverendo Wright debe estar sonriendo por el sur de la urbe repleto de negros pobres o no. Quizás esté dando uno de sus discursos «radicales», como el del verano pasado, en un evento ecuménico celebrado en su iglesia. Fue uno de los discursos más emotivos que he escuchado (y los cubanos hemos oído bastantes). Descubrí a un intelectual brillante, demasiado apasionado para ser cool, con un doctorado en teología, un hombre que había logrado casar intelecto y emoción. Una boda muy peligrosa, peor que la amenaza gay de ampliar el concepto de familia. La razón armonizada por la emoción, o viceversa, engendra probablemente la visión más genuina de la realidad que un ser humano pueda poseer. Jeremiah Wright ha adquirido esa visión y no puede callársela. Ninguno que la haya alcanzado se la calla, aunque no lo entiendan. Por el sur ha de andar el Dr. Wright, evitando que la cacofonía tupa las entendederas humanas, mientras critica las fallas de las religiones organizadas a la vez que hace un llamado para la unión de todas. La diferencia no es deficiencia, enfatizaba en su discurso, y a continuación hablaba en hebreo, en árabe y retomaba las citas cristianas en inglés. Recordaba lo que su organización había hecho por los enfermos de sida, por los pobres y los jóvenes. Y repetía con el cuerpo completo: La diferencia es diferencia, no deficiencia.

En una sociedad ensimismada con la imagen en general y sobre todo con la de sí misma, no es muy digerible una figura que haga cuestionamientos de fondo. Y menos, si es la de un intelectual y de matiz poco claro (como esos «radicalismos» imposibles de callarse). No es cool y apenas comprensible ese feroz convencimiento de que la unidad humana es posible y hasta imprescindible en estos tiempos, ¿para qué ese énfasis y esa rabia aparente con la cual grita que diferencia no es deficiencia? Estoy convencida: Jeremiah Wright se siente feliz esta noche, no obstante su aclaración en los medios, de que sólo es un pastor y no hace política.

En los barrios hispanos de la ciudad seguro la gente celebra también. Quizás no con esa fe con la que creen ver a la Virgen entre las manchas borrosas de cualquier pared húmeda, en las formaciones de la nieve o en los entresijos de la miseria de la cual han huido y con la que se han reencontrado. Para mí, la equivalencia de esas apariciones intermitentes de la Virgen en los barrios hispanos, es la de otra imagen que descubrí desde la cálida comodidad de mi cocina, preparándome un café, en el dos mil cuatro. Era temprano y el aire frío no había evitado que varias personas se agruparan en la intersección de las dos transitadas avenidas distantes unos ciento cincuenta metros de mi sótano. Por la pequeña ventana, mi curiosidad indagaba qué hacían unos locos a esa hora congelada de la mañana parados afuera. Enarbolaban un cartel. Con esfuerzo lo descifré. Eran cinco o seis los integrantes de esa visión milagrosa, pioneros de las protestas que se organizarían después en contra de una guerra no sólo tan cruel como cualquiera, sino además más descarada. Ju¬raría que estos aparecidos anduvieron anoche por el parque cargando sus pancartas, convencidos al menos de que la ocupación de Iraq y Afganistán va a terminar.

Allí estábamos, bailando y compartiendo, negros, blancos, latinoamericanos, gays, asiáticos, la mayoría jóvenes. Mira esa multitud, dijo un presentador de CNN, qué distinta a la de McCain tan monocromática. Nos miramos, asombrados por esta manifestación real de libertad de expresión. Nadie me lo quita de la cabeza: eso «se le fue», como se dice en Cuba.

Decidimos realizar la despedida por el viaje a Turquía en el restaurante hindú adonde llevé a comer a Nenita en ocasiones, porque adoraba esos garbanzos que sabían diferentes de los nuestros, y esos chícharos preparados con una receta de crema que nunca pudimos sacarle al dueño.

El restaurante está a unos metros de la parada del L, la Línea Roja del tren elevado, en Belmont, una estación acabada de renovar. Por entonces estaba destartalada: los techos chorreaban nieve derretida, los escalones chirriaban y los rincones con calefacción eran estrechos. Sin embargo, en esos años todavía los pasajeros tenían las manos desocupadas durante la espera, y en el trayecto le brindaban un pañuelo de papel a quien agarrara un resfriado encaramado en el tren, escuchaban con atención las preguntas de un visitante extraviado, o se coqueteaba y hasta se flirteaba con desenfado bajo la inclemencia de la temperatura.

Fue uno de los primeros restaurantes que visité al arribar a la ciudad y caminarla envuelta por el asombro, contemplando su arquitectura, sus parques, el lago, ese Mar Michigan. Nenita y yo veníamos ciertos domingos al brunch hindú, al convencernos, después de visitar los restaurantes cubanos, que la comida de la Isla, tal como la conocíamos, casi había dejado de existir:

la mezclaban con sabores mexicanos y puertorriqueños. Mezcla sabrosa, no obstante. Para cocinar picadillo, las manos de Nenita, para hallar un espacio donde hablar sobre nuestros mundos estaba el restaurante hindú. Nuestros platos favoritos eran pollo y cordero, chícharos con una crema secreta, unos garbanzos exquisitos y frituras que bañábamos en una salsa de mango deliciosa.

El dueño y su mujer presidían el recibimiento en la puerta, junto a la caja. Siempre había un comensal con quien hablaba. Un ambiente relajado, no raro entonces, Chicago era conocida como the biggest small town in the Midwest. Ese largo seudónimo denotativo de la conveniencia de unir la tranquilidad de un pueblo y las posibilidades de una metrópolis, no incluía, por supuesto, los tiroteos, comunes en áreas céntricas, luego mejoradas al costo de subirles los impuestos a los pobres para sugerirles su desplazamiento. Los tiroteos han regresado con intensidad, quizás el largo seudónimo que identificaba a esta urbe era parte de un sueño, de una esperanza de la gente nacida aquí.

En esos años nadie tecleaba en el tren, los oídos permanecían desobstruidos y las manos atentas para intercambiar un periódico o recoger uno dejado en un asiento. No se veían manos intranquilas, y una podía imaginarse los muslos bajo el jean, sin atisbos del síndrome de la máquina de coser. Músculos y pieles masculinas al natural, no obsesionados con las pesas, las afeitadas y las cremas. Los muslos, las manos, cuánto advertían y presagiaban. Un hermoso cuerpo puede describirse, en los climas fríos, a partir del entorno de los muslos y de la expresión de las manos. Unas manos ansiosas, ausentes, han perdido el poder de acariciar como Dios manda, y la caricia es la mayor expresión divina, no la compasión como tratan de hacernos creer. Unas manos ansiosas no están presentes en ese preludio, a su vez un fin en sí mismo, no hay presencia en unas dedos preguntones, en esa insistencia por anticipar lo que viene. ¿A quién diablos le importa qué viene después?, ¿alguien posee alguna otra certeza como no sea la de esa caricia deficitaria o total?

Como era sábado, nos vimos obligados a esperar muertos de hambre a que Carlucho y Mario terminaran su visita semanal a Home Depot, en busca de «cosillas para la casa». Sabíamos que esas cosillas se resumían en el regusto de observar a los hombres casados que acudían en masa a la tienda los sábados; el ensimismamiento y la ocasional interacción con ellos, rodeados de secadoras, lavadoras, cocinas y hornos entre cientos de enseres convenientes y rebajados en Home Depot, el templo sabatino de Carlucho y Manuel.

Sary, Mario y yo entramos al restaurante, y no vimos al dueño ni a su esposa sino a una mujer de unos treinta años detrás de la caja. Seguro estaban en la cocina. Haríamos tiempo conversando sobre la India. Ellos nos habrían preguntado por qué Nenita no nos acompañaba, y les habríamos contado lo velozmente que se fue, nos habrían pedido detalles, Sary le habría echado la culpa a la polución newyorkina, habría soltado unas lágrimas y la hindú nos habría besado y abrazado. Pasó un rato y la pareja no salía de la cocina. Llamamos a la mujer, le preguntamos si alguien había comprado el restaurante. No, mi padre murió, dijo. Entonces fuimos nosotros quienes dimos el pésame e indagamos. Había sido una muerte súbita, el corazón no es tan fuerte como creemos, y el dolor es un veneno lento, lo acunamos y acaba matándonos. Esos viejos hindúes sonreían y reflejaban sufrimiento a la vez, eran auténticos.

Llegaron los muchachos, y nos sentamos comer. La variedad de platos había disminuido a la mitad. Los chícharos sin la crema de aquella receta que nunca pudimos sacarle a los anfitriones, la salsa de mango adorada estaba aguachenta, el arroz duro y el precio lo habían elevado. La mujer, entrada en carnes más que su madre, nos despidió con el tipo de sonrisa común, especialmente diseñada para el cliente, que jamás había visto en ese restaurante: una de las razones para regresar. Vuelvan de nuevo, nos orientó la estrenada dueña empeorando mi impresión.

Hay seres que deben estar siempre ahí, ofreciendo calidez, sonrisas, como esa pareja de anfitriones hindúes. Acaso porque percibíamos la sabiduría del viejo, o porque su esposa evocaba una de esas diosas de la fertilidad o del amor abundantes en el panteón hinduista; acaso por las fotos del deslumbrante templo construido en uno de los suburbios, y del cual se mostraban orgullosos, o por su conversación intrascendentemente sabrosa como la comida del bufete. A estos seres se les debe suprimir el derecho a morirse. Aunque apenas los conozcamos una piensa que estarán ahí al regresar a esos sitios donde los halló, desde donde echan anónimas claridades, ínfimas luces a un mundo dominado por las penumbras, por no decir sumido en la oscuridad total.

Esos seres escaseaban. Y ya ninguno está.

Malo, tía, está malo, más peor que la guerra, está muy malo. Las frases cortadas del español de mi sobrino me seguían sonando en los oídos, como si me juzgaran por no haber hecho lo suficiente para evitar su partida hacia esa guerra de mierda. Está malo, tía, muy malo, más peor que la guerra. Había aprendido a soportar esas recurrencias dentro de mi cabeza, sin reflejarlas, no puedo darme el lujo de que mis amigos imaginen mis verdaderas intenciones en este viaje.

Las frases de mi sobrino querido siguen sonando mientras me acerco al área de chequeo, al quitarme los zapatos y mi abrigo y ponerlos junto a mi cartera en la cesta de plástico, al atravesar el arco de triunfo electrónico que aprueba mi pase hacia los corredores del aeropuerto 0'Hare, en dirección a la puerta donde abordaré el vuelo a París y de ahí el de Estambul. Está malo, tía, más peor que la guerra. Muy malo. ¿Cómo coño podía haber algo peor que la guerra? ¿No sería cuestión del español defectuoso de Mío? Su voz se mezcla con mis preguntas. No debo tener esperanzas de saber la verdad. Me lo han advertido, que disfrute del viaje y haga lo que me pidan, sin preguntar. Atravieso el arco electrónico, recojo mis cosas de la estera y camino por los corredores del aeropuerto, siguiendo el letrero indicador de la puerta veintiuno. Diviso a Sary y a Mario acomodados en unos asientos, hablando por sus celulares. Los saludo y les pregunto por Carlucho y Manuel. Sary me los señala, venían caminado a unos metros de mi espalda. Los hubiera metido conmigo en la cola del chequeo, ¿por qué no me buscaron? Para adivino Dios, Rosario, dice Calucho. Cierto, respondo, y ambos, Carlucho y Manuel, inician uno de sus acostumbradas letanías de quejas. Su misery.

En la riqueza sintética del lenguaje de Shakespeare, maltratado por el apuro en todos los órdenes, la palabra misery reúne admirablemente en tres sílabas la ordalía de este maravilloso primer mundo. Misery es mucho más que pobreza o miseria en términos físicos. Es padecimiento físico prolongado, aflicción, calamidad y continua infelicidad. El término cubre un amplio espectro del padecimiento humano, desde lo físico hasta lo psicológico y espiritual. En dependencia del contexto, el adjetivo acentuará el tono de lo que se quiere describir, pero lo terrible es que un solo caso pueda absorber el espectro semántico de que es capaz esa palabra. La frase living in misery, que nunca le he escuchado a un negro norteamericano, es abundosa en los labios de los blancos acomodados, el himno que siempre cierra esas indigestas letanías quejosas de Carlucho y Manuel.

Los gays van a la cadena de tiendas Home Depot los sábados alrededor de las dos de la tarde, cuando la tienda está llena de hombres casados que van a comprar, recomprar o simplemente a mirar los nuevos productos. ¿Misery será también aplicable a ese deseo sabatino de contemplar o hablar con los maridos, caminando junto a las lavadoras, secadoras, lavaplatos, refrigeradores, segadoras, cegados ellos mismos por la belleza de los padres de familia? ¿No fueron a Home Depot el sábado?, les recuerdo, y los cinco nos echamos a reír.

Abordamos el avión. Nunca he estado fuera de USA a no ser en Cuba. No somos como los demás países del área, nos advirtió la empleada del consulado turco tendiéndonos los pasaportes visados, se van a encantar. El marido de Laura, la hermana de Sary, es marroquí, no sé si chiita o suní, tampoco habla muy bien de los demás practicantes del islam. ¿Cuál habría sido la historia de Estados Unidos, sin un mundo islámico dividido? Los americanos se hubieran tenido que reinventar consecutivamente. ¿Cómo la única religión que reconoce la línea de los grandes profetas, ha llegado a fracturarse de esa manera? Empezamos a entrar al avión. ¿Será verdad que está tan fracturada? Las condenadas preguntas siguen aflorando en mi cabeza, y una afirmación insistente y aterradora se intercala en ese monólogo agotador, mecánico: Está malo, tía, malo, más peor que la guerra.

Un joven francés nos saluda y nos ayuda a acomodar el equipaje, nos escucha hablando español y participa. Sary le habla de su estancia en París. Es del sur, critica a los parisinos, me recuerda cómo los habaneros se refieren a los orientales, y a los americanos del Medio Oeste que aseguran mantener a los estados sureños del país. También están convencidos de la altanería francesa. ¿Un americano calificando de altanero a un francés? Vivimos en una Babel, en una confusión de lenguas provocada por el espejo de la mente, cuyo reflejo de la realidad física no nos permite vernos. Mientras Sary y yo filosofamos, a Carlucho y Manuel se les cae la baba mirando al franchute simpático. Nos acomodamos al fin. Al lado mío, una elegante negra de Chicago, de esas que pueden viajar, un poco atormentada por el cacareo en ese idioma de jardineros, limpiapisos y obreros de la construcción. Levantamos vuelo. No nos callamos ni con las películas que proyectan, ni con la comida que nos sirven. Sigo hablando con Sary hasta sentir los ronquidos de mi compañera de asiento.

Hubiera querido dar este viaje sin el apuro impuesto por una excursión colectiva, no tengo la menor idea del tiempo disponible para cumplir mi compromiso. No duermo, mi mente sigue haciéndose eco de la frase mal usada de Mío. Cuando al fin decido dejarlo todo a mis santos, es tarde para descansar: ya ha empezado a verse por la ventanilla del avión un resplandor precioso, y nos anuncian la proximidad del aterrizaje en el Charles de Gaulle. Tenemos media hora para buscar la puerta del vuelo a Estambul. Están ampliando el aeropuerto, la desorganización es casi cubana. Nos bajan en medio de una pista, nos montan en un sucedáneo del camello habanero, con la diferencia de que se detiene y la plataforma se eleva para dejar gentes en el segundo piso del aeropuerto. En esa locura perdemos de vista a Carlucho y Manuel, que estaban cerca de las puertas. Me siento paranoide. Un cuarentón y una mujer me miran. Recuerdo el consejo de estar siempre al tanto de la gente que me rodea. Un hombre y una mujer hablan español con acento cubano, los interrumpo y nos presentamos. Me alegra ver gente de la Isla, no les pregunto adónde se dirigen, sólo quiero escuchar esa forma de hablar sin mezcla con palabras en inglés, cálida y firme, alegre, no sé si son pareja, son muy chéveres, el hombre se ve un tipo dulce y ella no parece celosa porque hablemos (eso no es jabón que se gasta, Sary, por favor), si están juntos es casual, no sé nada, se me van los minutos repitiéndoles cuánto deseo ir a Cuba. Nos despedimos con un beso neutralizado por este frío de marzo.

Sary, Mario y yo nos bajamos del camello y esperamos a ver si los muchachos aparecen por algún lado. El camello francés se vacía, una trabajadora del aeropuerto nos incita a apurarnos pues estamos todavía lejos de la puerta del vuelo hacia Estambul. Nos hemos bajado mal. No distinguimos a Carlucho ni a Manuel, no nos han avisado, deben estar absortos con los franceses. La mujer nos indica el camino con aspavientos. Empezamos a correr por los pasillos. Volvemos a perdernos, un hombre nos señala la puerta buscada. Entramos y vemos a Carlucho y Manolo haciéndonos señales desde la entrada para abordar el avión. Estos maricones sólo piensan en sí mismos, dice Sary, cada cual que se joda, y nosotros haciendo el papelazo de esperarlos. Mario y yo no respondemos. Tenemos que chequear de nuevo los equipajes. Calucho discute con las dos mujeres que verifican los boletos, nos señala, el avión se va, nos grita, mientras los «segurosos» franceses nos revisan. Corremos a atravesar el arco de triunfo. Han cerrado la puerta, las mujeres no nos permiten subir al avión, lo hemos perdido. Sary se caga en la madre de los tomates. Tenemos que ir a cambiar los boletos para un vuelo que sale en dos horas. Maricones de mierda, primera y última vez que salgo con ellos, egoístas. Sary, calma, en dos horas sale el avión, esto es así, tú lo sabes, cierra este capítulo. Ay, Rosario, por favor.

Llegamos al aeropuerto de Estambul al atardecer. Nos espera el guía con el cartel de Gateways, la agencia de viaje, es un turco joven, alto y entero, con una sonrisa genuina, no condicionada por las obligaciones de su trabajo. O sería que no recordábamos ya a un hombre que no estuviera al tanto de sus atractivos ni los adornara con poses copiadas de las estrellas de cine. Entendíamos apenas la mitad de lo que decía y eso sobraba para que Sary y yo lo siguiéramos como unas corderitas. Desde la guagua que nos llevaba al hotel nos fue señalando por sus nombres las hermosas mezquitas que veíamos, lo atosigamos a preguntas. Mario estaba serio, y no era para menos, porque Sary y yo andábamos alborotadas con aquel turco espléndido. La guagua se metió por unas calles estrechas, y distinguimos a Carlucho y Manuel en la puerta del hotel, hablando en mala forma con un empleado, supusimos que esperándonos, quizás para explicarnos cómo nos habíamos desconectado. Espero que se disculpen, soltó Sary emberrenchinada. Ni disculpas ni explicaciones: habían perdido una de sus maletas y estaban en plena batalla por recuperarlas. Nos vieron llegar con el tronco de turco y perecieron, se les desapareció la ansiedad por la maleta perdida, con sus camisas de brillo y sus enseres para la comodidad. Como la almohadita ridícula que van a sacar la mañana siguiente, una de esas que se colocan en el cuello para que la cabeza viaje cómodamente en el asiento , no sé cómo les parecerá cómodo engancharse eso arriba.

Creo que Sary no sabe, y yo no me había dado cuenta hasta este viaje, lo mucho que encaja es esta complicada cultura. Al repetirle que mientras más vieja me ponía, más sencilla quería vivir, Sary me miraba como a una aparición. Mario repetía que Estados Unidos era el mejor país para los inmigrantes, y Sary lo seguía con ¿a quién no le gusta lo bueno? Había escuchado por demasiados años estas frases hechas, desistí. Nos repartieron las llaves de las habitaciones, los acompañé a la de ellos, y lo primero que hizo mi amiga fue chequear la caja fuerte. No funcionaba, y exigió que la cambiaran para otro cuarto. Se dio cuenta, de pronto, que se le había desaparecido una tarjeta de crédito junto con las copias en papel que había sacado de otras. Qué mal trata al pobre Mario, le echa la culpa, se pelean. Esto es un desastre de viaje. Carlucho y su mexicano, y yo, nos acomodamos en nuestras respectivas habitaciones. Nos vemos en la comida de recibimiento, en el último piso del hotel.

La guía se presenta y habla de su novio americano, de cuanto lo quiere y del tiempo que llevan juntos. Es un gusto hablar en público de sí misma, no le caben las emociones, está enamorada y de paso va en busca de su tarjeta verde para residir en el país de los sueños. Continúa con su introducción biográfica. ¿A quién coño le interesa nada de eso?, esta se americanizó antes de llegar, murmura Sary. Deja que se sienta el centro del mundo por un rato, le contesto a mi amiga y le señalo disimuladamente una impresionante mezquita que se divisa a través de las ventanas de cristales. Al fin la guía ajusta las fechas del tour y nos deja comer en paz. No sabía que el ají relleno era de estas regiones, está de chuparse los dedos. Termino la comida con unos dulces incomparables. Con el pretexto de ir al baño, me dirijo al salón de Internet en el lobby del hotel, a enviarle un mensaje a mi contacto: Te escribo de Estambul, estaremos en Konya el domingo como te avisé, ese día por la noche veremos los derviches. Está confirmado. Bajamos los cinco a echar un vistazo a la ciudad.

A unas cuadras vemos la gran mezquita que nos llamara la atención. No se ven mujeres por ninguna parte, sólo hombres atractivos, sonrientes y tomados del brazo. Carlucho y Manuel estaban atolondrados mirando hacia todas partes, y yo le propuse a Sary abrir una agencia de viajes para las mujeres de Chicago, tan necesitadas de encontrar varones en vivo y en directo, sin intermedio de anuncios, descripciones anticipadas y muchas veces falsas, fotos viejas, líneas para solteros ni ninguno de esos recursos modernos. Un encuentro natural, a la antigua, sin artilugios ni adornos, sin frases hechas ni flores, sin poses ni recovecos, sin «¿en qué trabajas?» ni el me gusta y no me gusta, sin el that´s nice. A Mario le ha molestado un poco la putería de su mujer y la mía, nuestras risas y cuchicheos como cuando recorríamos La Rampa y paseábamos por Malecón y Coppelia los domingos. Mario se quiso ir y se llevó a mi amiga, me quedé con Manuel y Carlucho.

Entramos en una dulcería donde un turco viejo me chapurrea en inglés unos supuestos cumplidos. Habían pasado siglos desde el último piropo callejero que escuché, en el barrio mexicano de Chicago. Porque en Cuba, donde sobran, mi familia no me había soltado. Estaba en la gloria escuchando a aquel turco viejo y acabado. Me preguntó cuál de los dulces me gustaba. Le señalé los que me recordaban las señoritas. Me compró uno, hablando sin parar. Le dije que Carlucho era mi marido, el turco no me creyó, sonrió con malicia. Le pregunté por qué no había mujeres en la calle, ni siquiera a la hora temprana en que habíamos salido del hotel. Logré entender que las mujeres prefieren los hombres afuera para dedicarse a sus tareas de la casa sin interferencia. Los hombres se reúnen en los cafés, me dijo, me pidió un beso en la mejilla y se fue.

Los tres estábamos a gusto caminando entre la interminable corriente masculina, nos dio la medianoche sin percatarnos. Carlucho, de lo ensimismado que estaba, de súbito tropezó y cayó de bruces en el piso, diría, debilitado por la apreciación de la masculinidad auténtica. Estos hombres maduros y jóvenes caminaban de brazos, sin necesidad de hablar de lavadoras, secadoras, cocinas ni hornos, de la eficiencia eléctrica de los aparatos ni de los especiales de rebajas para ahorrar cinco dólares. A Carlucho el tropezón lo tumbó al piso, y quedó arrodillado, como en súplica para no seguir contemplando tantos hombres sonrientes, hermosos, tomados de los brazos. No, en Estambul no hay un Boystown como en Chicago, ¿pero quién podría asegurar la transparencia de esta intensa camaradería?

Temprano por la mañana partimos. Nos acomodamos en los últimos asientos del autobús, que nadie quería, y donde podíamos alborotar y hablar español sin miradas de extrañeza. La guagua recorrió la parte europea en unas diez horas, hasta un estrecho que comunicaba con la costa mediterránea de Turquía. Tomaba veinte minutos atravesarlo, y escapamos a caminar por el trasbordador que nos llevaba a territorio asiático. Menos Mario, todos estábamos encantados con aquellos turcos atractivos, de sonrisas reales y sustanciosas. La única negra a la vista era yo, por supuesto, y llamaba la atención. Se me encendieron esos deseos que muchas de nosotras no queremos reconocer, que están ahí como parte de la vida. Eres la reina de este barco, baby, me decían Sary y los muchachos. Ay, no tengo la culpa, me voy a deslizar en Turquía, les susurré.

Dormimos en un hotel. En el restaurante la guía nos explicó que habían acabado de poner un petardo en una tienda de Izmir, la ciudad hacia donde nos dirigíamos. Parecía tratarse de un atentado de los kurdos. Vivían en la Turquía pobre y aislada, por donde no íbamos a pasar. Por la mañana viajamos hacia Izmir. De lejos contemplamos la isla de Lesbos. Se veía que la gente vivía bien en aquellos pueblos de la costa mediterránea que atravesábamos. Los edificios tenían paneles solares instalados en los techos, se notaba cómo cuidaban su país. Éramos atendidos con amabilidad y sonrisas auténticas, reales, nos sentíamos en casa. Sary y yo nos aprendimos un saludo en turco, y cómo decir enseguida que no lo hablábamos. Paseamos por el Malecón de Izmir, y vimos la tienda dañada por el petardo kurdo. No dejaba de asombrarnos la modernidad de esta región de Turquía, que sobrevivía a la par del islamismo.

Por la mañana seguimos el viaje, nos desviamos en dirección al centro, hacia Konya. Llegamos al hotel al atardecer. Los edificios modernos poseían ese halo a la soviética que diseñó Alamar e implantaron en ciertas zonas del Vedado. Corrí a enviarle un email a mi contacto. Encontré uno en el que me citaba para esa noche. Es la única iglesia cristiana de la ciudad. Le pregunto a la guía. Me orienta. ¿Hay peligro? No, para nada, pero tampoco estés descuidada. Claro, gracias.

Le tendí al taxista la hojita de recados y anotaciones While You Were Out con la dirección escrita en turco por la guía. Iba a encontrarme con un desconocido en una solitaria iglesia cristiana de un país musulmán, en un período de guerra (¿cuál no lo ha sido?, en definitiva). Estaba ansiosa.

Llegué con unos veinte minutos de adelanto con respecto a la hora acordada. Entré. Tomé agua bendita y me santigüé. La quinta hilera de bancos de la nave central, contando de la puerta de entrada hacia el altar, estaba vacía. Fui y me senté en medio del banco. Una iglesia pequeña, acogedora como lo son todas. Con sus santos de siempre, sus rostros de beatitud o sufrimiento, los mismos extremos. Idénticos Cristos. Bajo el altar, en las paredes laterales, hay cuatro bancos colocados de frente. Varios religiosos de la Orden están sentados en los bancos de madera mirando al piso y con las manos cruzadas sobre el regazo. Traté de relajarme. No lo conseguí. Mi inquietud no provenía de la situación, bastante delicada, sino también del esfuerzo por no meter la pata. Debía realizar bien la operación y salir intacta.

Iba a arrodillarme para orar, en el momento en que me fijé mejor en los religiosos sentados en los bancos laterales. Había cuatro, eran jóvenes. Tres muchachos sentados en los bancos pegados a la pared y una monja en el primer banco a la izquierda del altar. La actitud de la mujer contrastaba con la de sus tres compañeros de Orden. Mientras ellos estaban en recogimiento, con los ojos cerrados o mirándose las manos entrelazadas en el regazo, ella estaba erguida sobre el banco, inmóvil e inclinada a la derecha, hacia el altar. Distinguí su perfil, sus ojos permanecían abiertos, sin pestañear, fijos en dirección al altar, no creo que mirándolo, su pose y su inmovilidad resultaban ciertamente llamativas en aquella atmósfera de silencio y rendición. En mi vida había visto a nadie orar así, si era eso lo que estaba haciendo la monjita. Su postura era de una cualidad ajena a la religiosidad, no sabría decir si de reto hacia lo desconocido o de esfuerzo por alcanzarlo. Percibí algo de arrogancia, de exigencia, ¿o mi interpretación era errada?

La figura inmóvil, llena de vacío o vaciada del mundo, con su pose exigente y desconvenida, aumentó mi inseguridad, me atemorizó. Decidí no resistirme a la experiencia por la cual estaba pasando. Estaba claro: era una situación demasiado rara, no susceptible de racionalizar, y no lo intenté. En vez de eso, sin darme cuenta, me convertí en espectadora de mí y del entorno. Mi atención dividida me colocó en una tercera posición, y contempló, sin cerrar los ojos, el miedo estúpido que me había transmitido la monja, las imágenes proyectadas en mi mente, carentes de relación con el instante ni aquel sitio, escuchó mis pensamientos irracionales. Mi atención observó mis emociones, sentí paz. Me alejaba de mi ansiedad, de mis miedos en franca disolución. Observé con agudeza el proceso por el cual pasaba internamente. Me había dividido en dos: una Rosario observaba, una Rosario se diluía en el silencio. Percibí la quietud física de la monja, su mente vacía apaciguaba la mía, su respiración detenida le daba levedad a la mía. Los pensamientos descontextualizados fueron sustituidos por palabras significativas: escuché detachment, desapego, desprendimiento. Mi inmovilidad era perfecta, el tipo de oración próxima a la muerte que nunca podré decir sola. La monja estaba muerta. Cada expiración suya arrastraba la vida con sus ruidos, sus afanes, sus deseos insaciables, sus fantasías y frustraciones. Con cada expiración mía se alejaban Mío, las muertes por él provocadas, los horrores presenciados, su dolor al sentirse incapaz de hacer nada. Expirar me arrebataba la conciencia de estar en una iglesia, me envolvía un silencio de una cualidad no experimentada. Inspirar me devolvía a la vida, el monólogo mental, mi inseguridad, mis ansiedades. Expirar me disolvía, me mostraba la muerte: el silencio del Lago, del Mar Michigan, su superficie en paz durante los veranos, los árboles intensamente verdes, las ramas congeladas de los inviernos, las formas traviesas de la nieve, su derretido lento, su muerte; no era negra, ni cubana, ni santera, ni mujer, ni humana, desaparecía mi historia, ¿o hacía contacto con la verdadera Rosario?

Me sintonicé inconscientemente con la respiración de la monja vacía, convertida en nada (o en todo), quien erguida y ladeada hacia el altar, me daba la espalda blanca, inerte. Mis caminatas junto al Lago me causaban un estado muy cercano a este, mi espalda pegada al tronco de uno de esos viejos árboles, me transmitía ciertos latidos, como Serafina, la pintora francesa que los abrazaba. Nunca supe si la monja era de rostro hermoso, sosegado o rígido, ni si su expresión estaba viciada por esos extremos de beatitud o sufrimiento que pueblan las iglesias. Su perfil apenas era distinguible, había desaparecido como ella. Esta mujer representaba la desaparición de las escrituras sagradas y de sus intérpretes turbios, literales. Para ella las tradiciones y sus interpretaciones dictadas desde el púlpito habían cumplido su cometido. Esa inmovilidad, esa muerte suya, me mostraron desde entonces la inutilidad de todo lo escrito y lo absurdo de todo lo «sagrado». Entre nosotras mediarían unos siete metros de distancia; sin embargo, percibí el aletargamiento de su respiración y los músculos de su cuerpo completamente distendidos a pesar de mantener su torso erguido en dirección al altar. Su respiración se detenía en el espacio que se crea al penetrar el aire. Y no era que se detuviera, como había creído; en esos segundos, antes de salir por su nariz, había en ella una especie de rendición, de pasividad absoluta, de adoración. En esos segundos estaba entregada, rendida, muerta. Y no era ella quien había muerto, era su personalidad, su ego, su mente, esa estridencia interior asumida como un estado normal, que nos obliga a decirnos y desdecirnos, a odiar y amar, a repetirnos interminablemente. La coherencia, la estructura de mi pensamiento, sus variables y símbolos, lo secuencial, mi manera de relacionarme con lo lógico, no volverían a ser los mismos luego de abandonar aquella iglesia.

Permanecí consciente del ritmo respiratorio de la monja, sin proponérmelo. Se triplicaron la velocidad, la fuerza de las palabras (detachment, desapego, desprendimiento) y de las imágenes proyectadas en mi mente, donde se mantenían a pesar de mi renuncia a permitírselo. Ese rechazo era una reacción defensiva, un presagio. Mi mente, tal como la conocía, iba a desaparecer en el silencio, en ese vacío descubierto por una simple aspiración, a la que iba a seguir y en la cual iba a perderme. El acto de colocar mi conciencia en el movimiento de la respiración, hacia ese espacio donde cambia de sentido y no respiro; esa disposición inconsciente o impuesta por un agente desconocido, de colocarme en el abismo, significaba la desaparición de mis santos, la inutilidad de mis lecturas del Gita, de la Biblia que me acompañaba en la mesita de noche, de las misas y de la palabra sagrada de Dios. No había nada sagrado, ni pecado ni santidad. Todo era sagrado, incluso el pecado. La desbordada danza de Krishna no era diferente del inmovilismo de Buda, el sufrimiento de Jesús crucificado no era opuesto a los pataleos gozosos del derviche que contemplamos en Capadoccia, no era diferente del muerto que le bajaba a mi padrino de santo.

Bodhidarma y Krishnamurti son destructores de las vías hacia la verdad. Mahavira, Mahoma, Jesús son constructores de esas vías. La destrucción es tan transitable y verdadera como la construcción. El constructor de un camino hacia lo desconocido, desbroza, crea confianza, fe. Cada pulgada de nuestros pasos ha sido diseñada para que entremos sin miedo en lo desconocido: cielo, infierno, amor, odio, buenas acciones, salvación: lo desconocido parece conocido. No obstante, lo comprobaba ahora, las tradiciones sólo sirven de ayuda, son dispositivos para mostrarnos que vivimos en la mentira y somos incapaces de entender la verdad. La personalidad es tan irreal que hasta los dispositivos irreales contribuyen a desvelarla. La tradición debe guiarnos cada vez hacia menos mentiras, el camino negativo, y acercarnos a la verdad. Entonces, la tradición desaparece por innecesaria.

Sariputta le confió a Buda su percepción de la inutilidad de los esfuerzos, y el maestro respondió: Guarda silencio acerca de eso, las enseñanzas desaparecieron porque nunca en realidad estuvieron ahí, sólo te ayudaron a llegar a este punto.

Desde ahora yo estaba en manos de los destructores, sin apoyo, sin guía, sin oraciones. Ni las prendas en mis ollas de santo, ni mi Eleguá, ni mi Buda de barro, ni mi padrino eran ya necesarios. Habían cumplido su parte. La vida se volvía un ritual incluyente, sin faltas ni sobras. ¿Y entonces? Nada. La mente no sobrevive al ahora, donde no hay devenir, conflicto ni tensión. El mundo es el de siempre, y soy una mujer renacida. ¿Y entonces? Nada. Seguirá el drama, seguiré con mi papel conscientemente. Un buen actor no se identifica con la obra respresentada.

Una mujer se sienta a mi lado. Se inclina susurrándome una frase en inglés, que no entiendo. Me disculpo. Sígueme, murmura con firmeza.

Me habían sobrado unas frases de mi sobrino para saber por lo que estaba pasando. O eso creía. Al enterarme de la verdad (si en definitiva la hay), me di cuenta por única vez en estos sesenta años, de la permanente existencia de la atrocidad, inasible para la comprensión del ser común. La frase de Mío (más peor que la guerra, tía, más peor), es un ejemplo de superlativo forzado encaminado a superar la incapacidad del lenguaje para resumir y expresar realidades imposibles, pero se queda corto para describir el nivel tortuoso de las emociones de mi sobrino. Sí, era totalmente cierto: existían cosas muchísimo peores que los combates, las matanzas equivocadas (o pretendidamente equivocadas) seguidas por partes de prensa, comunicados o entrevistas de disculpas (cantinelas, soliloquios mecánicos, antesalas de la imposición y del error siguientes), los cuerpos de los niños despedazados por la metralla, las violaciones y las orgías, la ignorante (o simulada) prepotencia de quien mata en nombre de frases hechas, las torturas justificadas con cientos de argumentos, los raptos y desapariciones, las mentes destruidas de los sobrevivientes invadidos, y las de los invasores, atacadas por la obligada ingestión de Lariam (medicina preventiva contra la malaria que deprimió horriblemente a Mío y provocó suicidios y locura entre sus compañeros), la arrogancia y el maltrato a una cultura a la cual se considera inferior porque no se la entiende (el miedo, propulsor de la destrucción de lo diferente e incomprensible). Si además, lucrar se vuelve un mantra, incluso hacerlo con la vida inocente o con la muerte, entonces ni siquiera un superlativo bien construido puede expresar la inmensidad de esa alevosía. El listado es infinito como la barbarie que intenta sintetizar el superlativo mal usado de Mío. Y sin embargo, el recurso se queda corto.

Las pruebas las habían acumulado dos jóvenes militares desde la guerra entre Iraq e Irán, a través de una cadena de recolectores de información, y se habían sacado al Occidente por diferentes vías. Yo era la siguiente: pasaría la información recogida y actualizada hasta hacía unas semanas. Estaban preparando una inmensa campaña internacional para sacudir a la adormilada opinión pública norteamericana y presionar para la formación de un comité investigativo en el Congreso estadounidense. Se harían presentaciones en la ONU, donde se lucharía por una condena, y se estaban rodando documentales para difundir en los siete continentes. Las redes sociales y la Internet, jugarían un rol esencial, con la creación simultánea de blogs y trailers. Algunos periodistas de las grandes cadenas de información estarían secretamente dispuestos a dar el golpe informativo y a integrarse a la campaña internacional contra las guerras. Había comités nacionales organizados en todos los países, listos para lanzar millones de manifestantes a las calles. La esperanza y la poca fe en que este plan global de concientización detuviera las matanzas y acabara con las guerras, estaban a un idéntico nivel entre la gente comprometida con esto. Había pasado anteriormente, un aluvión de pruebas de las matanzas de civiles no había sido óbice para aumentar las tropas e intensificar los «daños colaterales», frase cínica donde las hay. El odio contra Occidente era un daño colateral centuplicado, de ser eso posible, y no se reflejaba en los informes y estudios de los Think Tanks ni en las encuestas. La propaganda repetía las frases huecas del Presidente y los funcionarios, y la gente continuaba sumida en sus mundos individuales, permeada por sus deseos, indiferente a las guerras.

Presumí que uno de los dos conspiradores reunidos conmigo había nacido o estudiado en Estados Unidos, por su acento de la costa este. Me explicó en un inglés perfecto que durante años se habían atenido al «principio de precaución» bajo el cual, si una hipótesis no es manifiestamente falsa y es importante para la sociedad, es preferible hablar de ella a permanecer callado a la espera de confirmación. Me explicaron cómo hacía años que cotejaban la información individual, paso a paso, detalle a detalle. Científicos europeos y norteamericanos inmersos clandestinamente en el proyecto, se aprestaban a entregar las piezas encajadas del último rompecabezas que yo sacaría de Turquía en una flash memory de amplia capacidad. Este tercer envío de información al extranjero coronaría los esfuerzos de casi veinte años, por descubrir la entraña pútrida del militarismo moderno, su permanente presión por original un cambio definitivo en el ajedrez mundial, y la entronización de un gobierno planetario regido por una élite. Si el llamado a despertar la consciencia global no daba resultados, había planes de emergencia a la mano. Me pregunté qué garantizaría la transparencia, la honestidad y el rigor de esta conspiración en las sombras que pretendía luchar contra un poder de similares características. ¿Eran tiempos de transformación de la consciencia humana o se trataba de la siguiente engañifa? Acallé mis dudas, las reduje a pedirles el compromiso de no usarme como agente de más destrucción y muerte. Me lo aseguraron y siguieron mostrándome documentos y explicándome.

El tema de los miles de niños enfermos había sido el detonante de la anticipación de esta campaña internacional a escala nunca vista. Era hora de romper el silencio acerca de lo que había ocurrido en mil novecientos noventa y en el dos mil tres, y de lo que estaba sucediendo en estos momentos. En mil novecientos noventa se había estrenado en el campo de batalla el uranio empobrecido, cuyas radiaciones permanecen cuatro mil quinientos millones de años en las áreas contaminadas. En el año dos mil tres se habían lanzado cientos de toneladas de ese material en zonas civiles. Las fotos, los videos, las estadísticas médicas de tumores cancerosos como el histiocitoma fibroso estrictamente asociado con radiaciones, recurrentes en niños de seis años, probaban, junto con el surgimiento masivo de los tumores del aparato linfático, un desplazamiento de esas patologías, desde la madurez hacia la infancia.

Con respecto a la posibilidad de que haya habido una detonación atómica en alguna de las invasiones, el Departamento de Defensa había emitido una declaración en la cual aseguraba que sólo se habían usado armas convencionales. Lo que ciertos periodistas señalaban como una explosión atómica, podría tratarse de la bomba BLU82, de siete mil toneladas. No obstante, esta arma «cortadora de margaritas» provoca una magnitud de tres en la escala Richter, no de cuatro punto dos como en los datos recogidos por siete centros sísmicos alrededor del mundo. La FI o la Moeb (madre de todas las bombas) provocan el efecto de una explosión nuclear aunque sin radiación, y se habían usado para camuflar la detonación de una bomba atómica. Centros sismológicos alrededor del mundo habían registrado fenómenos sísmicos equivalentes a cinco kilotones, ocurridos en las áreas de guerra, que corresponden a una magnitud de cuatro punto dos en la escala de Ritcher. El único movimiento sísmico comprobado por la red de informantes en ese período, in situ, era mínimo y distante de los lugares de estas presuntas explosiones nucleares camufladas.

Durante la operación Tormenta del Desierto, el Secretario de Estado, James Baker, había acuñado la expresión «doctrina de la ambigüedad calculada», al referirse al posible uso de una bomba atómica reconocible o no explotada en parte bajo tierra, de efectos inmediatos y a largo plazo. Hacían creíble la opción del uso de la fuerza nuclear, lo cual no implicaba que el Presidente hubiera decidido aplicarla. Las pruebas testimoniaban que sí lo había permitido. Se trataba de eliminar a la población, con el envenenamiento del suelo y de los recursos hidráulicos. En el colmo del absurdo y del descaro, los propios asesinos entregaban recursos a la comunidad científica preocupada por la grave incidencia del cáncer infantil, para estudios epidemiológicos o clínicos. No obstante, los estudios sobre factores de riesgo y radiaciones relativas no podían cubrirse con esos fondos.

Los objetivos eran diversos, estratégicos y tácticos. El obligado control de aquella región, donde se encontraban las últimas grandes reservas energéticas, implicaba la destrucción de sociedades que estaban demostrando una explotación inteligente de sus riquezas para acelerar un desarrollo económico sostenible, capaz de convertirlas en potencias regionales. La humillación y supresión de la clase intelectual y científica se había iniciado con la destrucción del museo de Bagdad. El secuestro y asesinato de catedráticos, investigadores de diversas ramas y figuras prominentes de esas sociedades rebeldes, formaban parte de la siniestra guerra oculta, paralela, destinada a destruirlas. Las historias de estos asesinatos eran denunciadas por ex fanáticos y por líderes, explicaban sucintamente las tácticas de división impuestas, la extorsión, la infiltración de agentes pagados, atizadores de las luchas entre bandos en pugna, las matanzas coordinadas. Un escuadrón de la muerte compuesto por militares se encargaba de las ejecuciones. El patrón que había regido la política norteamericana desde la Segunda Guerra Mundial, se clonaba con mayor eficiencia, con mayor apoyo de la tecnología y de los medios. El desmembramiento de la Yugoeslavia negada a plegarse al barrido del Este de Europa, sería el próximo zarpazo.

El temor a la colocación de Rusia y de China en posiciones determinantes el desplazamiento final e inevitable de la hegemonía económica hacia múltiples focos, es el impulsor de la locura destructiva que se había apoderado de los invasores. Desde Occidente, los intelectuales que no se habían dejado comprar probaban con documentos desclasificados el terror de la cultura dominante, enfrentada a promover un cambio de sí misma o a la destrucción lenta pero definitiva acarreada por la constante demanda de recursos para las guerras, la lucha interna contra los narcotraficantes y contra la inseguridad generalizada.

Los terroristas y el militarismo son igualmente malsanos, reflejos del mundo creado por nosotros, gobernado por el deseo, sinónimo de infelicidad y destrucción. Los terroristas han acumulado odio e impotencia, el militarismo quiere garantizar un poder que nadie le ha otorgado. Mi preguntas seguían siendo idénticas al final de aquel encuentro insólito: ¿podría esta información reavivar en la gente aquel espíritu de los años sesenta del siglo pasado?, ¿cómo iba a garantizarse la honestidad de un poder en la sombras, contra su enemigo en igual condición oculta?, ¿no sería un nuevo timo?

¿Quiénes son terroristas?, me preguntó uno de los hombres, ¿quiénes están barriendo con los pueblos para implantar un orden en el mundo, subordinado a sus intereses? Sí, lo sé, susurré, sólo espero el cumplimiento de su promesa: esta información no va a usarse contra seres inocentes. Así será, me confirmaron, es una promesa.

Las distracciones son imprescindibles en una guerra, ocupan la vista y el oído, el tacto y hasta el olfato, nadie desea ver lo que le rodea, ni en una guerra ni en la vida corriente (otra guerra). Las distracciones empiezan cuando evitamos al niño estar consigo mismo, envuelto en su silencio, moviendo sus pies o sus manitas, riéndose, feliz, de nada. Como no entendemos esa felicidad, le damos un objeto para que se ría con una causa palpable, comprensible para nosotros. La felicidad sólo la brinda un objeto y nuestra imperecedera bendición será acumularlos. El grado de acumulación de más y mejores cosas, humanas o no, es expresión exacta de nuestro grado de felicidad. Acumulación es también cálculo, suma de saciedades y planes de repetirlas, de calcarlas. Saciedad temporal, aunque de ello no hablemos, y viene seguida por otros deseos inacabables. Deseo y libertad verdadera suenan como perfectos antónimos. No hablamos de eso, porque el (¿nuevo?) deseo ya está brotando. ¿No es lo usual correr a satisfacerlo?

El traspié empieza en la cuna donde, por primera vez, el recién nacido prueba el sabor del aburrimiento inducido. Toca y mueve el objeto lleno de colores o sonidos, y se olvida de sí, de su silenciosa felicidad. El olvido surge con ese juego sencillo e imprescindible, y se profundizará con cada objeto diferente y en apariencia transformador del debutante aburrimiento. El recién nacido, carente de identidad, no sabía qué era aburrirse, desconocía la identificación. ¿O es esa la identidad, el estado anterior al primer objeto conocido después del contacto con la madre? El niño ahora verá dos cosas distintas (él y el objeto), como una. Se convertirá en lo que posea. Creerá ser una cuenta bancaria, un carro, un traje y unos zapatos italianos, una transacción ganaciosa, una idea para engañar, embrujar a sus congéneres, como fue embrujado él. Nosotras las mujeres somos las grandes víctimas de ese juego, y nos veremos convertidas en nuestras casas, en los cacharros comprados para la cocina, en la vajilla, las joyas, los hijos o el último vestido adquirido en una rebaja.

El ser humano es el único habitante de este planeta, capaz de aburrirse. Ni las flores, los árboles ni los animales se aburren. Están creciendo o moviéndose, desbordados de energía. Y sufren como todo lo vivo, pero no arrastran el sufrimiento consigo. Sufren en la periferia, en el círculo, mientras la vida continúa siendo una celebración en su centro. Aristóteles nos catalogó como seres racionales, debía haber dicho aburridos. Y el aburrimiento puede llegar al punto máximo de ocasionar suicidio: un fenómeno muy humano. ¿Alguien ha visto suicidarse a un perro, a un pájaro o a un flemático gato? ¿Por qué, mientras la existencia está celebrándose a sí misma, el hombre se aburre al extremo de no tolerarlo, perder la esperanza y desear morir?

Los animales viven a través de sus instintos, no de la consciencia. Es una vida mecánica, no hay nada que aprender, están programados. El hombre, sin embargo, ha superado sus instintos, pero no tiene huellas que seguir. Insiste en comportarse mecánicamente en vez de crear su propio camino, sustituir el instinto por algo nuevo: inteligencia real y consciencia. No podemos vivir como los animales y no sabemos cómo vivir de otra manera. Tenemos que enfrentar la existencia, y el aburrimiento y el sufrimiento van a ser constantes si no podemos generar consciencia dentro de nosotros y vivir a través de ella. Aprendemos ciencias, historia, filosofía, cómo manipular, explotar, ganar dinero, nuestro ego jamás podrá pasar por el ojo de una aguja, debido a su infinita riqueza. Y no aprendemos a vivir. La humanidad está aburrida porque algo básico no se ha activado. La puerta de los instintos se ha cerrado: lo mecánico no nos satisface. Eso es hermoso, coloca al hombre en la mayor altura, en el pico de la existencia, por encima de los ángeles que carecen de libre albedrío. Todas las alternativas posibles están abiertas para el ser humano, sin ruta descriptiva, sin ningún mapa. Y si no aprendemos a abrir esa ruta, o sea a vivir, la vida se vuelve seca, no nos entonamos con la danza, con la música de la existencia. La dimensión de estar vivo permanece desconocida, la vida es un negocio, la ganancia es el único sendero para atravesarla.

El juego empezó en la cuna, donde el estado de cosificación de sí no conocerá límites. El hombre se habrá perdido entre las cosas, humanas o no, como un objeto más. No obstante, en cierto momento de su vida, unos pocos afortunados empiezan a recordar. Si son lo suficientemente arrojados, una vez que hayan completado algo en sus vidas, seguirán recordando, y se dedicarán a invertir el proceso al cual han estado sujetos. Van a redescubrir y acrecentar dentro de sí ese estado anterior al ofrecimiento del primer objeto en la cuna, cuando lo usaron y el aburrimiento se quitó el sombrero para presentarse. Ese estado anterior es la única felicidad real en este planeta. Se pierde, y es recuperable si se poseen los ovarios (y los cojones, claro), del tamaño adecuado. Los menos afortunados continuarán jugando eternamente con el siguiente objeto que busquen o les caiga en las manos, y con sus infinitas combinaciones en apariencia nuevas. Hipnotismo. Ceguera. Ansias de machacarse, autodestrucción. En buen cubano: comemierdería. Por encima de lo alcanzado, del éxito, de la acumulación de objetos, habrán aprendido a disimular su vacío, a convencer a los demás de su felicidad y a repetírselo hasta realmente creérselo.

Hacen arder desde sus cimientos una cultura muy antigua y rica. Una riqueza fuera del marco de comprensión de estos «liberadores». Van a liberar al pueblo de un tirano, repiten. Libertad. Liberación. Tirano. Tiranía. ¿Quién se lo cree? Algunos, sí. El verdadero tirano es el nombre propio, la liberación es su muerte, acompañada por su pasado, por el futuro que proyecta sin darse (darnos) respiro, hasta por el presente. El nombre, esa narcosis autoerigida centro de un universo falaz, negadora de su función servil, ha ido enterrando y suplantado al eje inmóvil. El nombre se proyecta en la realidad, anegándola de sueños, por eso nunca la conocemos. El nombre propio jamás podrá participar de su energía, bañarse, fundirse con ella. No puede, la realidad vibra de certeza e intentamos vivirla a través del sueño, equivalente de la muerte, no puede haber contacto real. El nombre propio es agotador, es un incansable generador de esperas, de expectativas. Llegada la hora de verlas cumplidas en su totalidad, a medias o en lo absoluto, el nombre propio ya ha generado otra ringlera de expectativas, se ha movido hacia el futuro de nuevo. Este proceso mecánico y enfermizo de esperar un instante para movernos de nuevo hacia el futuro, es la norma. Lo llamamos vida. A quienes no viven así, a quienes gozan o sufren el momento, se ofrecen como una taza vacía e ingieren lo que cae en ella, los enjuician y les endilgan decenas de clasificaciones «científicas». La «norma» se proyecta en los demás. Incapaz de adentrarse en sí y diagnosticar su enfermedad, la identifica en el resto. Y se mueve, se mueve rápidamente hacia el futuro. ¿Quién osa detener al nombre propio? ¿Otro nombre propio? Dos de ellos, juntos, tienen el potencial de despertarse. Sin embargo, pocos lo intentan. Optan por apoyar sus sueños comunes, por morir, mientras la realidad se les escapa a cada instante.

Nadie puede liberar la naturaleza humana, está sujeta a decenas de leyes implícitas en la psicología asociada al nombre, en la biología, en la genética. La única liberación consiste en ponerse bajo un número menor de leyes, iniciar el movimiento desde el ego hacia la nada (el todo): la naturaleza orgánica de la realidad tiene su talón de Aquiles que nos salva del embuste. Libertad. Liberación. ¿Qué libertad puede haber en ese manojo de deseos confusos, contradictorios, en esas voluntades superpuestas, destructivas, en vano ocultas por una risa hueca, por distracciones seguidas de un aburrimiento sobrecogedor?

Una detrás de la siguiente, estas nubes entran en mi prisión, pasan, se diluyen, o se amontonan y cubren el azul. Cada una de esas nubes lleva mi nombre y ni una sola soy yo; sin embargo, todavía me seducen, me atrapan y me convierto en ellas. Ese proceso de conversión instantánea, de ser la rueda giratoria en vez del eje, es la prueba palpable de todo lo que no soy. ¿Cómo voy a ser tan mecánica, repetir idénticas frases, cometer similares errores y revivir los mismos dolores, arrastrarlos, regodearme en ellos hasta la vejez, hasta el segundo final? Ver la ridiculez del asunto es prueba de que no soy ninguno de los integrantes de esa legión de nubes. Soy, en cambio, azul inmenso, observadora silenciosa de esas nubes, de cómo se repiten a pesar de sus aparentemente distintas tonalidades de blanco. El mal no está en ellas, sino en mi identificación equivocada. En vez de nubes pasajeras, soy cielo despejado. Entenderlo me está liberando. La fuerza robada por las quejas y las distracciones va dirigiéndose a evitar esa constante identificación con mis nubes interiores, va encaminándose a ser cielo infinitamente azul.

La verdad, o sea, la falsedad del nombre propio, siempre ha estado expuesta, ha sido la mejor manera de ocultarla. Ahí está, en las manos de los cuatro soldados que juegan a las cartas, uno de ellos es Mío, y tampoco lo sabe, no es su camino. Ahí está la libertad, entre los dedos jóvenes, gruesos, en esas hermosas manos, en esos brazos que han levantado cuerpos heridos o muertos, o han asesinado. La están tocando, amasando, la tiran sobre la mesa, la recogen y contemplan, la verdad siempre ha estado expuesta. Mirarse la nariz es una manera de encontrarla, ¿y quién lo hace?, ¿no es estúpido, un sinsentido, mirarse la propia nariz? ¿A quién se le ocurriría mirarse la nariz para escapar de su prisión? Para escapar están las drogas, el alcohol, el sexo, no la nariz.

El mejor modo de esconder algo es exponerlo. Desde hace siglos las cartas exponen la verdad de la psicología humana, muchos han sabido leerlas, la gran mayoría manipularlas. El cuerpo es una máquina extraordinaria, perfectamente ordenada. Por el contrario, lo psicológico está en el orden erróneo, es caótico: lo externo manda y nosotros actuamos. Debía ser al revés, pero ese cambio no es necesario para sobrevivir, e intentarlo nos traerá demasiados contratiempos. No obstante, esa es la última razón de nuestra existencia en este planeta. Lo orgánico es un escalón. Lo paradójico es una plaga, nuestro deber no es eliminarla sino trascenderla. En vez de no o sí, decir nosí. La verdad cambia sin dejar de ser la misma, y siempre ha estado expuesta, por eso no la vemos, no respondemos nosí o síno. La realidad nunca es sí o no.

Jack el Destripador es ciertamente eso: la parte mecánica del intelecto, las emociones y los instintos. Jack no es bueno ni malo, sino un ignorante, va a contaminarnos de encantamiento con su limitada percepción de la realidad, su permanente excitación con lo novedoso, su convencimiento de que sabe; es insaciable, y asume el derecho de desgastarnos, activa las cadenas asociativas, mecánicas, creadoras de similares reacciones ante un evento repetido. Jack nos ata a esas reacciones, y ni siquiera se toma el trabajo de convencernos, simplemente actúa, nos convierte en él, es una nube negra.

En inglés, Jack es un nombre común que significa fellow, pícaro o congénere, posee la connotación inestable del marinero y la oscura viscosidad del alquitrán. Es el intermediario entre la corriente eléctrica y el aparato que funciona con ella. Jackass es el culo de un hombre o de un burro. Jackoff es la expresión vulgar de la masturbación. Jackbooted es sinónimo de crueldad, de opresiva violencia. En las cartas, el jack es el soldado o el sirviente, siempre en función de intereses ajenos.

Ahí siguen jugando a las cartas, amasándolas con sus atractivas manos, Mío y sus tres compañeros: Jack, Earl y Mat. Amasan y tiran sobre la mesa las verdades bien guardadas por su exteriorización. Los cuatro pronto regresarán a las barracas militares, donde escucharán rock en cientos de decibeles para menguar la sorpresa y el estruendo de los bombazos inesperados, y en las imágenes de las pantallas de los pequeños DVD, las piernas de una mujer se abren o se estriegan sobre las piernas de otra (u otras, preferiblemente); y en la televisión, los deportes, los gritos, las carreras de autos, la velocidad, el perdedor, el ganador. Afuera, ese mundo raro de mujeres de pelo cubierto y hombres de trajes largos, sonríen demasiado, sin razón evidente, y por si fuera poco se matan entre ellos. ¿No se han dado cuenta? Esto es una guerra y hemos venido a vencer.

La distracción siempre ha sido la compañera preferida del pájaro solitario y es imprescindible en una guerra. El sexo como huida, no como encuentro de dos, profundo, silencioso y transformador, invade las noches. Nunca como muerte individual devenida en renacimiento fundido con el amante, sino esos bufidos horribles y esos gritos. ¿Es acaso el sexo también una guerra? ¿Contra quién? La música ruidosa y la novedad vestida con uno de sus infinitos disfraces, como noticia en los periódicos y en las revistas junto a unos senos artificiales y una mirada femenina invitadora. La vida de los ganadores es el ejemplo. La ganancia nos espera el día de mañana. Los ojos siempre fuera del suelo donde se mueven nuestros pies, en cualquier guerra, a miles de kilómetros del país donde nacimos o en el nuestro. Los relevos llegan frescos a sustituir a sus compañeros agotados, dormirán unas horas y se distraerán las restantes.

Mío se despierta con unos insoportables deseos de acariciar la piel de una de sus mujeres, e intenta imaginárselas a través de una de las revistas entregadas por los oficiales. Lo ha intentado sin resultados, y vuelve a hacerlo. No sabe si la luz de la madrugada no es suficiente o la fuerza de las imágenes es demasiado débil. También lo ha intentado de día, en uno de los baños de la barraca militar. No obstante, son imágenes. Colores. Papel. Ahí no hay nada vivo. El sexo como huida no se ha hecho para mi sobrino. Cada una de sus mujeres ha poseído un Mío distinto y auténtico, un hombre entregado, vulnerable, silencioso. La única huida de Mío será la definitiva, dentro de poco. Todavía no lo sabe. Acaba por abandonar sus intentos, deja que el líquido fluya por la madrugada. El pájaro solitario se convierte en observador de su prisión, para luego serlo de sus instantes de vuelo. ¿Cómo va a saber volar sin haberse reconocido preso?

Las horas de distracción finalizan, el riesgo y el miedo regresan. La distracción no es ni siquiera un paréntesis a tanto horror. Ayer uno de esos «mártires» se hizo reventar en un mercado. Hoy ha sido a la entrada de una oficina de reclutamiento, fuente de trabajo, de órganos frescos, y la gente corre a sacar a los heridos, a separar en un rincón a los muertos. Llegan mi sobrino y sus compañeros. Las piernas del hombre están destruidas, sufre enormemente, ¿cómo iba a conseguir unas prótesis en un país de destino incierto? A salvar a esos jóvenes primero, ¿y qué hacemos con él?, ¿lo dejamos morir?, voy a inyectarlo, no va a sufrir, ve a ayudar a esos muchachos. Mío va, mientras su compañero inyecta al hombre sin piernas. Siguen sacando a los heridos. Son adolescentes, Mío no sabe cuánto cuesta un corazón joven. En la confusión, no se da cuenta, al llegar a la morgue sí. Faltan varios jóvenes heridos, no en el pecho que debía estar impecable. Le pregunta a Mat, y recibe un ligero encogimiento de hombros por respuesta. En esta confusión, ¿qué importan unos cuerpos de menos?

Regresan las distracciones y el escozor que pugna por aliviarse solo. Mío contempla su propio deseo. Ha sido un día menos apocalíptico, en la guerra como en la vida (otra guerra), también los hay. Mío se dice que la paz no existe. La paz es sólo un débil intervalo entre dos guerras. En la vida, en la guerra, la paz no existe. La paz hay que conquistarla, quisiera decirle, convencerlo, y esa conquista no se alcanza si no es a través de la guerra personal: la llevada y traída jihad interpretada literalmente por Occidente y a la cual le endosan el apellido de guerra de civilizaciones. Para algunos la envidia es el móvil de quienes se revientan el cuerpo para exterminar inocentes. Han reducido el problema a una palabra, la explicación es suficiente: ¿o no es cierto que del mundo entero la gente quiere venir a vivir a Estados Unidos?

No es el deseo de Sarah Saad AbdulHameed, de 23 años, extasiada por la contemplación en el espejo de su naricita recién arreglada. Mis amigos están sorprendidos con el cambio de mi cara y han comparado mi actual nariz con la de Nicole Kidman, dice la operada por televisión, y explica que ni en los peores meses de violencia en el país se ha dejado de atender las necesidades de belleza femenina como la reportada, o a través de Bótox (a la venta en muchas farmacias), liposucción y símiles maneras de mejorar la imagen. La imagen es todo, incluso en Iraq. El especialista en belleza de Saad AbdulHameed, el Dr. Abbas alSahan, anuncia lo bien que se está conduciendo el negocio de la cirugía estética, aunque «no tan bien» como él quisiera pues las pacientes se ven obligadas a importar la silicona desde el exterior. El cirujano confía en la estabilidad política y económica de la nación, para en un futuro cercano aportar la cantidad de silicona necesaria y estabilizar su negocio de realce de la belleza femenina. ¿Y por qué no, de la masculina?, pregunto. El mercadeo de belleza plástica, inflador de senos y culos, eliminador de barrigas y de arrugas debería extenderse al sexo opuesto y convertirse en un elemento fundamental en la pacificación de Iraq. Que los iraquíes empiecen a pintarse de barniz las uñas y a sacarse las cejas, bajaría el nivel de «machanguería» entre los hombres, y las mujeres serían los primeras en agradecerlo. Los segundos en mostrarse agradecidos, y hasta armar una manifestación de apoyo, serían los gays iraquíes, catalogados como perversos y enfermos. ¿Perversiones?, ¿con los tipos arreglándose las manos y haciendo ejercicios para endurecer las nalgas, además de los bíceps y tríceps, al estilo de la cultura dominante? Quienes duden de sus efectos positivos, que le pregunten al Dr. Abbas alSahan, dueño de una clínica de belleza en Mansour. Con la estabilidad nacional en notable ascendencia, el doctor planea abrir varias clínicas y bajar los precios, para poner al alcance de sus conciudadanos las tetas rígidas, las sonrisas pasmadas por el estirón y hasta dispositivos para la disfunción masculina (singular acompañante del progreso).

 ¿A quién hablarle de las posibilidades humanas, quién va a escuchar? No van a entender. La cosecha dejada por las religiones no es la que sus maestros imaginaron. Y sabían del peligro. El conocimiento íntimo de una religión nunca será su expresión visible. Mío, y los que posean ese rango de comprensión, no verán en las escrituras nada de valor en estos tiempos. Mío y quienes despierten de esa forma abrupta, o paso a paso, echarán a un lado las escrituras de cualquier religión y sus interpretaciones falseadas. Las contradicciones son fundamentales en el mundo de la dualidad. La verdad es una sola.

 A Mío le espera un sufrimiento de mayor intensidad, de una frecuencia intolerable. Hace unos meses lo destacaron en este país destrozado y ya reitera: esto es «más peor que la guerra». Es su español, pienso, repito, quiero aceptar y creer en la deficiencia de su segundo idioma. ¿Cómo coño iba a haber algo peor que la guerra? Cuídate, Mío, cumple con tu deber y olvídate. Cuídate mucho, mi sobrino. No sé qué contestarle como no sea repetirle que se cuide. Vuelve a escribirme usando nuestro código, la jerigonza que le enseñé en la niñez. En la morgue cada vez hay menos cuerpos jóvenes. Los han reclamado las familias, le dice Mat. Los cuerpos adolescentes que han traído hoy, sí, los de esa boda que atacamos por error, eran diez, los contamos, estaban calientes, casi vivos, casi muertos. Los están preparando. Mío no quiere creer lo que se imagina, hasta que por un error le mandan a embarcar unas cajas en un vuelo nocturno. Son unos termos, se horroriza.

Mío va a encontrar muchos encogimientos de hombros de sus compañeros, hasta que se decida a callarse la boca. Van a tratar de callársela en el baño, con un pistoletazo que él presiente y evade. Y matan a un negro sureño que fue a mear a la hora inoportuna.

Earl se lo encontró en la calle, sentado al borde de la acera y mirando hacia el cielo, de donde se desprenden esos ruidos, hacia las esquinas, por donde aparecen enormes máquinas chillonas, hacia las calles reventadas y los escombros de los hogares. Debe haber escapado ileso de un bombazo, del fuego de un tanque, de los tiros de un francotirador, de la metralla aleatoria, su desesperación es inenarrable. La causante de su desconcierto puede haber sido una de esas mujeres entrenadas para hacerse explotar en los mercados, al estirar la mano para pagar por sus verduras, o uno de esos cientos de jóvenes carentes de esperanza. Tal vez se ha bajado de la cuna después de oír una de esas explosiones frecuentes y haber descubierto que no quedaba nadie vivo en su hogar. Puede haber caminado sobre los cadáveres de su familia, y haber atravesado los restos de la puerta principal de su casa, el sitio bullicioso de alegrías. Los rostros conocidos yacen en el piso con los ojos abiertos, no lo ven. Esas manos, una vez cálidas, ahora son indiferentes, están desperdigadas, rígidas, no responden a las caricias detenidas que él les ofrece. El pájaro solitario gime y escapa (o eso cree), camina por la calle muerta. Son pasos cortos, rápidos, lentos. Se detiene, mira hacia los lados, no hay nadie, las fachadas cerradas a cara y canto, los patios vacíos, silencio. El pequeño pájaro solitario está profundamente solo por primera vez. Es de noche o de día, ¿qué es la noche o el día para él? La oscuridad sigue a la luz y viceversa. ¿Qué es el contraste para él? No existe. Desde que nació ha escuchado estruendos, de cerca, de lejos. No hay contraste sino sonidos atroces, resplandores, gritos. Dolor. ¿Qué protección puede brindar una madre aterrorizada, un padre desprovisto del poder de proteger a su familia o comprometido con la destrucción? ¿Qué protección pueden brindarle dos padres amantes, una familia unida? Sus ojos, todavía salpicados de sangre como su cuerpo pequeño, miran a todos lados desde la acera. Está solo, profundamente solo por primera vez. Ni siquiera hay tiros lejanos o bombazos para acompañarlo. El silencio es total. Se sienta en un borde de esa acera destruida y mira. Quizás intuye que alguien viene a salvarlo. No llora, mira esperando.

Por la esquina dobla el tanque de Earl. Lo detiene, salta y corre hacia el niño, quien se ha parado y se abalanza hacia él. Se abrazan. Uno de los compañeros de Earl llama a una ambulancia, mientras él palpa el cuerpecito buscando heridas. Examina la sangre que ha salpicado el cuerpo menudo, insignificante, le palpa la cabeza. Las heridas no son físicas, se lo dirán luego de unas pruebas, es un niño autista el que corrió hacia él en esa calle desierta, hundida por la soledad de los cadáveres tanto como por las bombas.

A Earl no le preocupa, ese es su hijo. Otros se han llevado perros de regreso, ¿por qué no va a poderse llevar a ese niño de uno o dos años que ha visto sentado al borde de una acera silenciosa?

No tienes mujer, las distracciones no te lo han permitido. Y ahora, de súbito, un hijo recogido, autista, y de esa cultura extraña que nos envidia. El odio es un virus. No podremos ayudarte, deberás hacerte cargo de él. Eso es una locura, Earl. No, es mi hijo, sólo se los estoy informando: regreso a casa acompañado. Me mudaré con él en cuanto llegue. La madre: Piénsalo bien, no eres joven y estás soltero, ¿qué mujer va a aceptarte con un niño y en esas condiciones? Lo sé. Es mi hijo.

La intransigencia está entre las virtudes del pájaro solitario.

Mi sobrino estaba allí la noche insólita en que nos llevaron a ver a los derviches en la antigua estación de paso convertida parte en museo y parte en anfiteatro, cerca de Konja, en Turquía. Entre los rostros turcos había una cara china y dos negras. Una de ellas era la de Mío, próxima e impenetrable. No sé si le habrán dicho que estaba en la audiencia, sentada en el pequeño anfiteatro con mis amigos, que eran también los suyos, y quienes no lo distinguieron, presumo, debido al vestuario. No sé si no quiso verme o no podía. No importa. Era suficiente con saberlo vivo.

Con la cabeza tapada por sombreros cónicos y envueltos en mantos, símbolos de sus tumbas individuales, los músicos, los danzadores y el Sheik ocuparon sus sitios. Debajo de los mantos, las vestimentas blancas, el sudario, ya están fuera del mundo físico, son aspirantes a entrar en lo desconocido. Un eje imaginario divide lo material, a la derecha, de lo invisible, a la izquierda. Dan inicio las recitaciones, las letanías dirigidas a Mawlana, al Profeta. La flauta manifiesta el deseo de regresar al verdadero hogar. El primer círculo recorrido por el Sheik simboliza la certitud, el segundo el conocimiento empírico, el tercero la conquista de la gnosis. Ahora los derviches se despojan cuidadosamente de sus mantos, y su líder, con un beso en la mano del Sheik pide autorización para empezar. El brazo extendido y su palma abierta hacia arriba, reciben. El brazo en dirección al piso, entrega, mientras el cuerpo gira y Mío escapa. Toman del Universo y entregan al hombre, no poseen nada, son un recipiente temporal. Mío escapa girando sobre sí mismo y alrededor del sol, como los planetas y las estrellas. Girar induce una intoxicación que levanta los velos, la fortaleza para entregarse al último amor: los derviches han alcanzado su centro.

Qué raro eras, sobrino, cualquiera diría que traías «eso» contigo. La vida nunca te convenció, nunca te llegó a engañar, a hipnotizar por completo. Si no lo traías contigo, algo completó la visión o puso en contexto tus observaciones, afinó tu comprensión; y decidiste emprender ese camino sin huellas que se va trazando y desdibujando con los pasos conscientes, a diario. Los años te alcanzaron para vivir lo entendido, para girar y recuperar tu centro, como mi padrino y mis santos me lo mostraron a mí. No es el mismo camino, pero lleva al mismo sitio.

Gira, Mío, gira, no te detengas, vas a retornar a la patria perdida, gira, gira, la casa está ardiendo y no nos queda tiempo. ¿Cómo supiste que la casa ardía, cómo viste las llamas que siempre pasamos por alto? Vidas perdidas, desechadas, obedeciendo el dictado de un mecanismo que no somos, buscando en el otro, en la otra, lo que está tan cerca, aquí y ahora. Vidas enteras intentaste hallar ese ser que acabaría por llenarte. Siglos perdidos de búsqueda inútil, ¿cómo habrás descubierto al fin tu casa incendiada? ¿Acaso fue el joven de tu edad, con el pecho cosido y el cuerpo vaciado de órganos? ¿O las violaciones, las matanzas, el suicidio de uno de tus queridos compañeros de armas? ¿Acaso fue el teniente que jugaba con los niños y los cargaba con gesto extraño humedeciendo el pantalón de su uniforme? ¿Hay que sufrir tanto para llegar a ver la vida como es? ¿Qué nos mantiene tan ciegos, tan dormidos?

Bodhidarma se arrancó los párpados de una vez, porque no quería dejar de ver, y verlo todo, lo terrible y lo hermoso, lo imposible de cambiar en un mundo orgulloso de su fragmentación, es decir, de su ignorancia, y la posibilidad de transformarlo con la muerte del sueño individual, el ego, esa entidad cadáver. De un tirón desesperado, Bodhidarma se arrancó los párpados en la montaña de Ta, en China, y los echó al suelo, y de ellos nació una planta, el té sagrado, que preferías al café cubano, no sabías, no entendíamos por qué. Ese té que tomabas, son los párpados de Bodhidarma, y te ayudaron a despertar, a ver tu casa ardiendo. Quien descubra ese incendio, no va a detenerse jamás. No querrá repetirse.

Quizás fuiste la mujer incompleta en busca del nuevo padre en su marido, no puede vivir sin colocar equivocadamente su identidad y ser el eje de su propia tribu; soportaste incontables horrores con tal de mantener la supervivencia del clan, golpes, odio, un miedo infinito, postrador. Tal vez fuiste la hija envejecida que padeció una soledad inexistente con sólo cambiar el foco de atención; y el hombre que creyó encontrar cien veces la madre acogedora, se cansó, escapó y buscó la próxima inútilmente. O fuiste el cabeza de una secta donde te permitían desposar a casi niñas, eras Dios para esa familia, para esas cinco mujeres y quince niños, aunque confundiste el camino, debías haber probado el amor de esas mujeres, para elevarte por encima del sexo opuesto, no para desgastarte en él, ese era el peligro. La realidad no se repite, es diferente a cada instante, se suponía que probaras esas mieles, y te aburrieras del dulzor, no que te identificaras con él y continuaras repitiéndote. El mecanismo perfectamente aceitado de la vida, ganaba de nuevo la partida. Debías haberte convertido en el Dios verdadero, tus mujeres en diosas y tus hijos en una raza diferente. No sucedió. Entre la tensión de los extremos, siempre te decidiste por uno de ellos, no pudiste aguantar el dolor, la presión, la desesperanza, la aparente miseria de mantenerse en el centro. En el sendero hacia el verdadero centro, la ignorancia es benigna y el conocimiento peligroso porque puede destruir. Acaso, sobrino, fuiste el monje benedictino frustrado por las reglas e imposiciones de las cuales pensaba haberse liberado, y te convertiste en el cura que buscó la piel de un niño confiado. Gira, Mío, gira, la casa arde y nada podrá apagarla, gira, gira, riega con fuego la semilla, hazla crecer, márchate sin regreso. Los demás podemos sentirte como una amenaza, otra fantasía nuestra, tú sí has descubierto cuál es el peligro real, y vas a escapar girando, gira, Mío, gira. No se ve la casa ardiendo de sopetón, a pesar del inmenso calor de las llamas, de su resplandor tan impresionante como horrendo, no se puede ver lo obvio, es cierto, y lo fuiste descubriendo, o traías «eso» contigo: el peso de la repetición.

¿Qué acabó por arrancarte los párpados de una vez? Recordaste. No a tu madre, ni a mí, ni siquiera a la Isla que te seducía y jamás ibas a conocer. Recordaste. Y ese recuerdo intraducible te mostró que lo mejor de tu vida no iba a ser traer un ser humano a este planeta, sino embarazarte y renacer tú mismo, crear el vino nuevo dentro de ti, en un odre estrenado, parir el ser urgente que pide nuestra especie. Lo supiste, de pronto: el amor de dos puede ser muchas cosas, y sobre todas ellas una preciosa metáfora de lo que nos podría ocurrir individualmente.

Escapaste de la guerra, sin rumbo determinado. O eso creías. Un viejo sufí se te atravesó en el camino al cruzar la frontera de Turquía de madrugada, y te dio las coordenadas para reencontrarte con Mawlana, Rumi, como lo conocemos en Occidente. Una vez en Konja, te bastó con pronunciar su nombre para que te indicaran adónde ir. Corriste hacia la tumba del maestro y poeta, y recordaste los inviernos crudos, un terremoto, cientos de muertos. Habías estado allí. Y habías oído, en una de las reuniones secretas, que Rumi no quería seguidores ni devotos, como tampoco lo quiso Jesús. El hijo de Rumi había fundado una comunidad de estudiosos, con un método. Se hablaba de ciencias, jurisprudencia canónica, se interpretaba la tradición y la teología. Rumi había investigado en las filosofías líderes de Persia, India y Arabia, en la griega. De esas reuniones salieron las ramas de la Orden para extenderse por Anatolia. Habías estado allí, y habías huido. No pasaste del grado de muhib, de ser un afiliado, dudaste. El tiempo es circular, la mente deseosa había vencido a la intuición, te hallabas en el sitio de donde habías partido. No volvería a pasar.

Uno de los miembros de la Orden, que hablaba inglés, le explicó al Sheih la ordalía por la cual habías pasado en la guerra. En tanto esperabas por la decisión del Sheih en casa del hombre, estudiabas el pensamiento independiente de la Orden, su código moral y la disciplina del camino sintetizado por Rumi. Ausente de fanatismo, el sufí debía utilizar las herramientas para aprender a estar alerta. En práctica combinada de música y danza se expresaba una síntesis de amor universal que un día habría de empujar al devoto inexorablemente hacia su centro, mientras la periferia bailaba y adoraba lo desconocido. En árabe, la palabra repetición y remembranza son iguales. El recuerdo del Desconocido se evoca con la pronunciación continua de uno de sus nombres, y a través de la lengua desciende al corazón y al alma. El cántico empezado por ti lo continúa Dios. La remembranza puede cantarse, expresarse en el movimiento y en la música.

Rumi se había hastiado de acumular conocimiento, sacrificó esa riqueza de la mente y se volvió pobre dentro de sí hasta caber por el ojo de una aguja. Se movió hacia lo emocional: la única puerta para ver. El intelecto era tan imprescindible al principio como inútil después. Debía ser abandonado, se convertía en una barrera en la segunda parte de la vida. La devoción poseía su propio dinamismo, capaz de lanzarte en cualquier momento hacia tu centro, donde no hay explicación que dar, ni por consiguiente, pregunta alguna.

No tuviste que pasar por las pruebas esta vez, tu sufrimiento las había agotado todas, y la pasión que habías colocado en tu interés por convertirte en sufí, era suficiente. Se sabía, pero te hicieron aguardar. A los pocos días el Sheih volvió a recibirte. Fiel a la tradición que empezabas a redescubrir, te arrodillaste y le besaste la mano. Ahora sabías que esa mano no era la del Sheih sino la alegoría de lo que te iba a transmitir. Habías derrotado las finales reticencias del ego, su repugnancia en presencia del Infinito. Él te tomó la cabeza y la puso en sus rodillas. Ese gesto suyo te convertía en muhib. Te explicó que eras libre de formar un hogar fuera del convento, seguir una profesión y regresar de tiempo en tiempo para escuchar a los derviches residentes, participar en los rituales y ceremonias. O podías convertirte en neófito, entrar al noviciado de la Orden a través de un rito obligatorio y ser miembro permanente. No ibas a volver a errar, no te cabían dudas, el Sheik insistió en que lo pensaras. Era hora de aniquilar el deseo que te había guiado hacia allí. Ya no servía. El deseo de recobrar tu centro, había cumplido su rol. Cuanto habías experimentado en esa guerra, había actuado como detonante final de lo que estabas llamado a hacer con tu vida, y te había impulsado en dirección a los sufíes. Ahora debías soltarlo, desprenderte de él. No entendías. El Sheik se explicó: no te pedía la eliminación de los deseos, pues eso hubiera creado el deseo de no desear. El deseo es prueba de que no estás bien contigo en este segundo, y algo en el futuro va a llenarte y satisfacerte. La realización, la satisfacción siempre están en el futuro, nunca aquí y ahora. Tu mente, y por tanto tú, iban a estar en un tiempo que nunca sería, porque el futuro tiene que convertirse en presente para ser. El deseo te dirigía hacia el sueño, las fantasías, pues si vives imaginando un futuro mejor, vas a ser un frustrado, pues será como el presente. El futuro sólo puede cambiarse aquí y ahora con el abandono de la mente, con la preñez y el nacimiento de una consciencia de raíz nueva. El objetivo final de las grandes religiones no es la adoración ni la creación de clubs domingueros, no es crear misterios o rituales secretos, incentivar el estudio de la metafísica, la filosofía ni ningún otro producto intelectual. El factor compartido por las religiones es el conocimiento del propio ego, de su posición errada como guía de la vida individual en vez de funcionar como lo que es: una herramienta. Fue Buda quien llegó al corazón, a la causa de la infelicidad, fue el gran descubridor de la psicología humana. Buda definió al ego/mente como una entidad fracturada, un manojo de deseos contradictorios, destructivos. Una legión, un mal necesario en la evolución, porque sólo el contraste permite la elección. El deseo es el motor de esta entidad ficticia llamada ego. Y el camino no es reprimirlo ni exacerbarlo, sino trascenderlo. El deseo seguirá existiendo, pero esta consciencia única en los seres humanos se hará presente en cada acto deseoso transformando su cualidad. Nuestros atisbos de felicidad surgen en ausencia del ego. La ciencia ha probado la existencia de ese estado de consciencia y le ha llamado energía cuántica, afirmó el Sheik

El manojo de deseos que no eres te había embriagado y había navegado tus vidas, el timonel dormido había sido inconsciente de sus muertes. En vez de aprovechar cada minuto para estar alerta y profundizar el silencio interior (ese campo infinito de energía), el hábito de destruir tu presencia te había acompañado existencias completas. El futuro arribaba en forma de presente, y tu mente se movía de nuevo hacia el futuro. Este movimiento constante no estaba relacionado con un objeto, el sexo o la búsqueda de lo sagrado: es lo mismo. Desear es el problema, la esclavitud. No estabas aquí, no estabas vivo, destruías la única puerta abierta a la realidad. En el presente jamás puedes desear, sólo ser. Tu deseo de alcanzar tu centro, a Dios, es un truco de la mente (el llevado y traído demonio) para seguir funcionando igual. No es cuestión de cambiar el deseo, sino de una mutación, te dijo el Sheik, del estado de deseo al de no deseo. Tampoco significaba que abandonaras tu cuerpo, sus necesidades se manifestarían con una cualidad distinta, sin la trampa de identificarte con ellas. Gira Mío, gira, tus preguntas desaparecen con lo giros porque no hay nadie que las haga. Gira, gira.

Los santos también ayudan a escapar. La danza eterna las suscitan los tambores, y los muertos hablan. Una escapa sin dejarlo saber, se rinde, capitula, se entrega a su padrino, al río, al mar. Una mujer puede lograrlo a la par de su hombre, después de haber vivido y haber construido algo, después de haber descubierto la treta tan hermosa como terrible que le han estado imponiendo. La treta que envolvió a su madre, a su abuela, a generaciones enteras. Una mujer que descubra la Treta, descubre todas las tretas y llega al final de los significados. Cualquier mujer carente de significados, si no se ha amargado ni se ha empantanado en su lástima, empieza a entender el Significado. Si una mujer entiende el Significado, es por primera vez un ser pleno, de un nuevo tipo, y no por raro, inexistente. Ha visto las fuerzas ciegas que la retienen, y empieza el camino definitivo hacia la libertad, no de movimiento precisamente, según reza la llevada y traída Declaración. No vemos el truco, nos identificamos con él, nos convertimos en esas fuerzas ciegas hasta el final de nuestros días: la alfombra roja es la guía a seguir. Morimos en la prisión creada para nosotras, como nuestras madres y abuelas, y justificamos a la perfección esa vida muerta que trasmitimos a nuestros seres queridos.

Fuimos creadas con dos caras, como Juno: una biológica (la maquinaria perfecta) y una desconocida no necesaria para la vida orgánica. No se nos muestra, debemos ganarnos el acceso a ella, y nos permite convertirnos en seres más perfectos que los ángeles, habilitados para ascender y descender conscientemente en la escala de nuestro ser, como algo líquido, vivo. En cambio, si la vida nos cristaliza, moriremos como hemos vivido, sin bendiciones perdurables, reales; y nos expondremos a idénticos dolores en el futuro porque el tiempo no es lineal, regresamos infinitamente al punto de donde partimos, a enfrentarnos a lo que hemos postergado. Sin comprensión de la realidad, no hay escape. Una se entrega, se rinde, se vacía, y llama madre al río, o padre al sol naciente. La rendición de la mente crea bendiciones, divinidad. Rendirse a la pareja, la hace divina, claudicar ante una piedra o una imagen de yeso, la diviniza, nos diviniza, porque la devoción libera. Liberación es reconciliación de la paradoja: el observador la ha trascendido.

La clave inicial del enredo me la entregó, hace años, durante una tarde rarísima e inolvidable, nada menos que el mecánico de mi carro. Era un cubano viejo que había vivido a fondo, tocado fondo y había comprendido. Se había quedado solo. Su mujer había muerto de un cáncer no detectado, luego que el hijo de ambos se ahogara un fin de semana en el Lago Michigan, al caerse del velero de un amigo, los fiesteros no lo advirtieron hasta desembarcar en el muelle.

La transmisión está jodida, susurró el viejo señalando mi Honda, y sin embargo, mira qué hermoso luce, tranquilo, abandonado, en apariencia inútil. Da la impresión de estar muerto y únicamente se ha salido del camino.

O lo ha encontrado, le respondería ahora.

Tercera Parte

Vacilón

el boniato de Grace Slick

masturbation is fabulous, but nothing beats the old tango.

whether I'm ecstatic or furious, my life seems part of some
colorful fairy tale that just rolls out in front of the
130 decibel soundtrack with endless production credits.

life, the constantly mutating funeral party.

Grace Slick

Ahí está su acostumbrada lengua suelta, vitriólica, repitiendo, con la certidumbre de los años sesenta y su convencimiento de siempre: las drogas legales causan peores daños que las «prohibidas», no se engañen. Y a continuación, la parrafada contra las farmacéuticas, las aseguradoras y los médicos olvidados de su juramento socrático. Pocos la escuchan y hablan sobre las preocupaciones de Grace Slick, porque el tráfico de placeres es demasiado sofocante, demasiado imparable. Y no es que no haya disfrutado como la primera; al contrario, la rockera ha gozado, ha visto y ha hablado. Vivencia plena y gozosa, que no se extravía en el gozo, no lo entroniza ni lo niega, no lo pondera ni lo denigra. El apellido de Grace, adoptado de su primer marido, implica no pocas cosas. En función de adjetivo, melosa, astuta, mañosa, suave. Como sustantivo indica un lugar aceitoso, en función verbal significa pulir, alisar.

Grace se ha tomado tiempo para observar, para distinguir los elementos valiosos que la han rodeado, ponerlos a prueba e irlos encajando casi a la perfección en el rompecabezas empecinada en completar. Por algo es dibujante, compositora y hasta cose. Su mejor vestido es ese, transparente, jamás se lo quita, y la muestra como es adentro y fuera de su piel. Su última composición musical y pictórica es ella misma, y se mantendrá hasta el segundo final perfeccionándola, destacando el fondo en vez de los trazos, inundando los colores de tonalidades blancas inventadas por ella, de armonías los ruidos y viceversa. O acaso estará ocupándose de diluir los trazos en el fondo, de restituir los colores a su matriz, de matrimoniar los ruidos con las armonías, lo cuadrado con lo redondo, lo alto con lo bajo; estará disolviéndolo todo y a sí misma en el aliento de la unidad descubierta en su juventud, recreada a su manera y experimentada con vehemencia durante su vejez.

El cabello de Grace Slick es ahora blanco, ya se acostumbró a él como a la gordura, si un pastel le gusta, se lo zampa de una vez, recalca, y le salta la risa fácil, ronca por los años, hermosa por lo plena, por lo sincera. Patty Smith, Steve Nicks y Joan Báez se mantienen en forma. Grace, a quien nunca le importó en lo absoluto guardar las formas, ¿cómo iba, a sus setenta años, preocuparle la de su cuerpo? Phill y yo enmudecemos, no sé si por la inesperada apariencia de la rockera o por su lengua hecha de una calidad de vitriolo intocable por el desgaste y la vejez. Su pelo, largo y vital, lo lleva recogido con una presilla grande en la nuca, un estilo muy conservador, imagino que por comodidad o para resaltar su papada indecente de rockera devenida símbolo de una época definitivamente enterrada. Los ácidos tal vez no me permitieron acertar con imágenes capaces de transmitir lo deseado, lamenta. Lamento injustificado, le contestaría, ¿tus letras no eran bien interpretadas?, ¿no lo eres?, ¿cómo ibas a serlo? ¿Y para qué? Te creen promotora de las drogas. No culpes a los ácidos de la ignorancia de la gente. Además, ¿por qué decirles ácidos? ¿Qué acidez generan?

Esta Grace Slick asomada por la pantalla de mi computadora, es la versión anglófona de mi inolvidable Nenita. Sin esos ojos tremendos de la rockera, aunque con idéntica fuerza de vida y similar certitud al expresarse. Igual gestualidad serena que en el fondo odia a muerte las confrontaciones, los desmentidos, las aclaraciones. Grace y Nenita, cada una a su propio paso, comprendieron a tiempo la trama y optaron por actuarla a su manera. Ambas celebraron ese Amor inalcanzable para la mayoría de nosotras. Nenita no sólo acogió en su vejez el amor del negro Chano, sino que lo hizo con un abrazo extensivo a su esposa y a sus hijos. Grace fue más lejos y lo proclamó sin dobleces: el amor a un mismo hombre no debería estar siniestrado por la competencia, los celos y el odio, como dos vendedores en disputa por un mercado o dos distribuidores que hayan descubierto un nuevo producto generador de felicidad. El amado compartido debe crear un lazo inextricable y propiciador, una amistad sin resquicios entre las dos amantes. ¿Cuántas de nosotras serían capaces de reconocerlo a pesar de haberse visto obligadas a aceptarlo dolorosamente? ¿Qué habrán descubierto o confirmado Grace y Nenita, inadvertido para el resto de nosotras?

Le agradezco a Phill sus discos de Jefferson Airplane, y con ellos, la evocación virtual de Grace Slick en You Tube. No le comento su parecido con Nenita, porque la historia tomaría demasiado tiempo de contar, y deseo aprehender las supuraciones de esta mujer que en su juventud se complotó con Abbie Hoffman para echarle LSD al té de Richard Nixon en la Casa Blanca. Al momento de entrar a la mansión, el guardia de seguridad le pidió un documento de identificación, la miró y le dijo que no podía asistir a pesar de la invitación mostrada porque su nombre estaba perfectamente deletreado en una lista del FBI. Grace y Abbie se retiraron, y en unos minutos se armó un «salpafuera» en la recepción. La señora Nixon y Tricia, su hija, desean saludar a Grace, corran a buscarla, ordenaron desde el tea party en homenaje a los exalumnos del Finch College. Muy tarde, ya Grace y Abbie se habían alejado de la zona, desolados porque Nixon se había perdido la gran experiencia de su vida, se había quedado sin disfrutar de solitarias carcajadas por los corredores de la Casa Blanca, correteos por sus salones, solos de danza, súbito nudismo o monólogos dirigidos a los retratos de los personajes históricos, colgados en las paredes. Si bien el ácido transportado en las uñas de Grace, no atravesó la laringe de Nixon mezclado con té como había planeado, una droga peor de adictiva y dañina, la del poder, se encargaría de desalojarlo de allí definitivamente. Droga inútil como todas, la Casa sigue inmutable, con inquilinos negros o blancos.

Que Grace haya nacido en Highland Park, un suburbio de Chicago, no es razón suficiente para continuar evocándola luego de haber despedido a Phill. No lo es tampoco el hecho de que haya convertido a Somebody to Love en un hit que invirtió el viejo sentido de las letras de las canciones. El cliché de «dar es mejor que recibir», hasta ese momento reservado para puritanos de boca para afuera, la temporada de Navidad y los monjes calvos, adquiría, en la composición de Darby Slick, un placer extraño para la estructura dominante del yo/lo mío, cierto altruismo carente del peso de las obligaciones, del gravamen de vivir en función de la imagen. Le daba un toque rockero a la insuperable tesis desarrollada por Erick Fromm en El arte de amar. La letra de Somebody to Love, el poderoso arreglo en conjugación y a la vez sobrepasados por la garganta de Grace, otorgaban legitimidad al antiguo cliché y provocaron un salto de honestidad en los códigos de la década anterior. ¿Por qué no me amas? se volvía una pregunta irrelevante de cara a consideraciones sociales y psicológicas más abarcadoras e interesantes que las necesidades sin fin del ego, ese sucedáneo de los agujeros negros del cosmos, sin fondo ni satisfacción real alcanzable. Hasta la respuesta a ¿por qué no me amas?, se volvía innecesaria, la acción de Amar las respondía. Pensarla, verbalizarla y repetirla, era patético. Es patético.

La autora de dos clásicos psicodélicos como White Rabbit y Lather, asegura que no va a volver a cantarlos. En cambio compone, canta y toca el piano para ella, pinta, cose y goza al máximo de la incomparable paz del amanecer, del silencioso ritual de las mañanas, de la simplicidad en todos los órdenes. Grace no volverá a cantar en vivo, nadie quiere ver una rockera gorda y con papada en un escenario, asegura su lengua vitriólica, aunque no evitará que nosotros, sus fans, continuemos disfrutando de esos clásicos que huelen como las panaderías de pueblo en las madrugadas.

En White Rabbit combina el ritmo de un bolero español, en un irrefrenable crescendo, y lo borda con una letra inspirada en Alicia en el país de las maravillas. La joven Grace odia el ataque a las drogas psicodélicas, mientras el patriarca de la familia se emborracha en el bar del vecindario, la matriarca no para de fumar cigarrillos y el botiquín del baño rebosa de químicos contra malestares pasajeros y calmantes de innumerables marcas que alejan súbitamente ese dolor aparejado con la vida, con sus infinitas máscaras y disfraces. Una droga legal facturada especialmente para los rasgos de cada máscara ocultadora de un mismo dolor, hecha a la medida de su inmediata desaparición. Facturación hermosa y funcional, constante proclamación del sufrimiento derrotado, como si la realidad en vez de sostén fuera deudora, o nos hubiera traicionado al romper su pacto de tocarnos sólo a través del placer. Traición manifiesta en todos, perdedores y ganadores, sombríos y luminosos, estrellas y estrellados, pues el agujero negro individual carece de fondo, de límite, y hemos diseñado las más poéticas construcciones del lenguaje para denominarle. ¿Y qué si abrazáramos el dolor, el placer, la oscuridad, la penumbra y la claridad, la ganancia, la pérdida o la ausencia de ambas? ¿Dónde irían a parar esas píldoras contra la presión alta, si alguien informara sobre los efectos salutíferos de la caña santa?

> One pill makes you larger
>
> And one pill makes you small,
>
> And the ones that Mother gives you
>
> Don't do anything at all.
>
> And if you go chasing rabbits
>
> And you know you're going to fall,
>
> Tell 'em a hookah smoking caterpillar
>
> Has given you the call.

Lather se la inspiró su primer novio de la banda, el menos joven de sus integrantes, y sin embargo, un crío demasiado sediento de caricias maternales para una mujer del temple de la Slick, implacable buscadora de significados. Spencer Dryden, con esa mirada siempre en espera de una reprimenda, pasaba horas escribiendo canciones que el conjunto rockero nunca interpretaría. Grace convirtió en un clásico la permanente infancia de Spencer y la de tantas mujeres y hombres:

> Lather was thirty years old today,
>
> And Lather came foam from his tongue.
>
> He looked at me eyes wide and plainly said,
>
> "Is it true that I'm no longer young?"
>
> And the children call him famous
>
> What the old men call insane,
>
> And sometimes he's so nameless
>
> That he hardly knows what game to play

Por encima de ser una rockera de las grandes, Grace, la mujer, también es causa de mi fascinación porque experimentó un nivel de consciencia diferente del «waking state»: máquinas que comen, defecan, hacen sexo y hasta escriben libros y se matan. Porque reconoció que para hacer suyo permanentemente ese estado, era necesario pagar. Y pagar muy bien. Jonis, que trataba a Grace con actitud protectora y de «compruébalo tú misma cuando te llegue la hora», no quiso regresar de donde había estado, y nadie le habló de pagar estos precios no sujetos a los caprichos de las etiquetas rojas, los descuentos y los regateos.

El peyote y el proceso de componer White Rabbit, ayudaron a Grace a entender mejor su inexplicable atracción por las maneras corteses y las filosofías de Asia, y por la cultura española. Si tuviera suficiente dinero, contrataría a los Gipsy Kings una noche para ella sola, o a músicos flamencos que se pasaran el día tocando en su casa. El peyote quizás también contribuyó a disolver su resentimiento por haber dejado de ser rubia natural. Una vez comprobó, con una peluca dorada en su cabeza, la atracción que podía ejercer en el mismo bar que había abandonado un rato antes con su pelo oscuro. White Rabbit, Lather, el peyote y un boniato americano, un «sweet potato», podrían estar entrelazados con esa infinita ampliación de la mirada de Grace, quien empezó a sentirse completa con su pelo oscurecido en la adolescencia, preciosamente blanco y aceptado en la vejez. Estírate el cuello, quítate la grasa, mejórate la nariz, haz ejercicios, pero adentro seguirás siendo igual, dice. ¿Adentro? ¿Qué habrás divisado ahí como para valorarlo como casi nadie lo hace? ¿Lo aclararás? ¿O ya lo hiciste y no te comprendimos?

En el Fillmore Auditorium de San Francisco, se congregaban los jóvenes rockeros de diversas culturas y estratos e igual apariencia. The Great Society, con la Slick, abría el show de uno de los grupos más populares del área de la bahía: Jefferson Airplane. Al llegar los músicos en la camioneta, los jóvenes abandonaban la cola de entrada para ayudarles a bajar los instrumentos. Conversaban. Hacían chistes. En el Fillmore no había detectores de metales ni guardias de seguridad, no existía VIP y la presencia de patrocinadores no obliteraba el rito musical. No existían conductas raras ni frases hechas. Todos eran us. Cuando la cantante de Jefferson decidió tener un hijo y criarlo fuera del ambiente rockero, Grace fue invitada a unirse al grupo.

Un día fueron a parar a casa de Fay Roy, un mecenas que cocinaba y servía los mejores platos de California sin perder el hilo de la conversación. Grace imaginaba estar en un salón acompañada de Gertrude Stein, donde se opinaba de literatura, se escuchaba música, se tomaban excelentes vinos y todos estaban convencidos de ser los descubridores de una percepción humana totalmente cool. En casa de Fay, Grace conoció a Nick, trabajador de una compañía petrolera, inventor de las líneas de plástico divisorias en las calles, que se gastaba un Rolls Royce y preparaba peyote concentrado. Los riesgos de consumirlo varían en dependencia del estado emocional y mental de quien emprenda la experiencia, advertía Nick. Y agrego: según Castaneda y quienes han pagado por adelantado, ese acceso químico inducido y cool debe ser sólo un atisbo, una probada del umbral, jamás un pase. La verdad es una sola, con múltiples entradas de acceso, todas a un costo altísimo, aunque también abonables a plazos, como un layaway.

Después de tragarse la bolita de cactus concentrado, Grace sintió una vibración sabrosa, se volvió consciente de la enorme cantidad de aire que entraba y salía de sus pulmones, y en unos minutos, de la erradicación total del proceso de pensamiento. Los pensamientos se habían marchado, no había nuevos que entraran. Nuevo no es un adjetivo aplicable a ningún pensamiento, a pesar del insulto que pueda sentir el agujero negro individual, el yo/lo mío, por esa aseveración. Sería mejor decir que no había ninguna combinación de pensamientos nueva en la mente de Grace. Y comprobó que ella no era ese proceso de cambio constante con el cual la habían obligado a estar asociada desde la niñez. Había estado gravada, penalizada por sus pensamientos, o sea, los de otros combinados infinitamente, incluyendo la relevancia de ser rubia.

Los invitados de Fay Roy decidieron irse a escalar una colina cercana. Antes de abandonar la casa del mecenas, los objetos ya habían adquirido una apariencia desconocida, igualmente las flores y el cemento del sendero a través del jardín. Habíamos olvidado lo hermoso e increíblemente complejo del mundo que nos rodea y el peyote nos lo recordaba, dice la Slick. Acostados en la hierba de la colina, contemplaban alelados el sincronismo de las nubes, sentían la vitalidad de los árboles, de los pájaros y del aire. Todo estaba perfectamente diseñado, vibraba, sólo que no era perceptible en el estado «normal», el waking state que nos hace correr detrás de una pelota o batearla, gritar y brincar como unos poseídos si ganamos el partido y deprimirnos como unos imbéciles si lo perdemos, además de golpearnos y hasta escribir libros y matarnos.

Las tonalidades de los colores cambiaban, la perspectiva se profundizaba, los componentes de la escena, en la cima de la montaña o abajo en el barrio de ricos, eran igualmente importantes, sin separación ni sobreabundancia, sólo había energía vibratoria en diferentes dimensiones, manifestada en lo vivo y en lo aparentemente muerto que los circundaba. ¿Quiénes estaban muertos? ¿Las hermosas rocas, las piedras del sendero o los adalides de las guerras, de la acumulación constante y la imposible satisfacción del agujero negro individual?

De súbito Grace, vacía de pensamientos, comprendió que «eso», ella y ellos eran nosotros. Estaban separados sólo por el estrecho canal del pensamiento, de su monólogo interior, repetitivo y aburrido; un juego sucio, una trampa determinante de actitudes rígidas, reglas de conducta, juicios sumarios y condenas. El pensamiento, o sea, la sociedad, era una construcción erróneamente equiparada con la existencia. La sociedad, con sus imposiciones, sus ansias de control, su estúpida competencia y su imaginería, sus dolores inventados, su ímpetu por destruir bajo la bandera de las causas «nobles», lista desmesurada del ensueño, de la muerte pensada como vida.

Los artistas regresaron a casa de Fay, conversaron acerca del fenómeno y se dispusieron a salir para una fiesta. Al pasar por la cocina, en dirección a la puerta principal, Grace divisó un grueso boniato junto al fregadero, lindo, radiante. Se acercó y lo recogió. Enseguida descubrió una fuerza de vida en la insípida apariencia de esa vianda (no era un plátano ni una papaya jugosa, era un boniato, coño), como si el acto de haber sido arrancado de la tierra no hubiera drenado su vitalidad. Grace percibió la calidez del boniato, lo sintió como una extensión de sí misma. Se lo llevó para la fiesta, donde nadie se extrañó de verlo y de que atestiguara la diversión generalizada. Algunos lo agarraban para estudiarlo, dominados por una droga que los había vuelto amistosos con los boniatos.

¿Un boniato orgiástico? ¿Por qué no? Como rebautizó Paul Kantner aquella época de música, amor y flores: Forget that!, this is de The Golden Aged of Fucking. Y agrego de mi coleto: lo fue en todas partes, y sin necesidad de condones, consoladores, muñecones plásticos, y menos de Viagra, Cialis y las demás.

lo que importa es la piel

Nina Simone

La piel es la frontera, sitio de reposo y comienzo. Es la puerta, la encarnación de la paradoja, la disolución al alcance de ciertos bendecidos. Por eso suele ser engaño deseado para quienes intuyen que morir es la mayor bendición. Dejar de ser para que el amado sea, es uno de los caminos para alcanzar la verdad, y su puerta es la piel.

La piel es todo. Es donde Nina Simone sintió que en uno de sus recurrentes momentos de crisis, un hombre, con un toque leve en el hombro, la apoyaba. Agotada, sin tiempo para hacer lo que quiere o para no hacer nada en absoluto, de súbito, la piel de un hombre le ordenaba su mundo, le hacía olvidar los consecutivos asesinatos de sus amigos luchadores por los derechos civiles, la fiera arrogancia y la prepotencia de tanta gente, la cara de sonrisa del engaño, la codicia, la envidia. En esos momentos, cuánto añoraba ser una mujer común y no poseer nada. Ser un don nadie o ser un don todo, porque madre y esposa eran éxitos suficientes. ¿Conocerá esa felicidad simple algún día? No está segura. Sólo lo está de perseguirla, no le bastan las dos horas de infinitas bendiciones que pasa frente a su público. La magia se esfuma con la disolución lenta de los aplausos, regresan la lucha constante, las ansiedades y la esperanza de la piel del hombre que borre su soledad. ¿Es tan horrible dormir sola, Nina? ¿No será que te habrás olvidado de ti misma? Tienes mucho en común con Josephine. Un hombre siempre será un complemento, les hubiera dicho a ambas, no puede habitar bajo la piel ni acompañarlas tan bien como lo pueden hacer ustedes mismas. Dos mujeres capaces de saturar de emociones a multitudes, amadas con esa vehemencia sólo existente en la brevedad, adoradas por su público, y sin embargo, no supieron cómo lidiar con la apariencia de la soledad, con esa emoción trastocada que exalta y prolonga indefinidamente el miedo y se diluye en el abrazo total que una le dé. Dos mujeres vestidas de cojones para enfrentar la realidad exterior y débiles para encarar la interior. ¿O acaso, en ocasiones, le habrían dado ese abrazo diluyente a sus propios miedos y olvidaban lo experimentado en esos intervalos carentes de pensamientos y emociones? ¿Acaso un nuevo miedo por el abismo descubierto sustituía los temores a la soledad, la fiera necesidad de la piel de un hombre? ¿Y no es la piel el umbral de ese precipicio, de cierta forma? Escapar de nuestros miedos es volverlos a hallar de mil maneras diferentes, con cientos de máscaras, bajo disfraces felices o tristes, brillantes u opacos, densos o ligeros. Jamás escapen, les hubiera advertido a Nina y a Josephine, sino abracen la vida manifestada de segundo en segundo, esa alerta permanente podría regalarlas la piel deseada (dada la premisa de no esperarla), y sorpresas bajo la piel: apertura, desentierro de la consciencia, vivencia del abismo, de nuestra constitución infinita, libre, amorosa. Estar alerta es vivir en abundancia.

Los dedos de Nina son el punto de fusión con las teclas de un piano que nadie toca como ella; su piel, no su voz, está pidiendo en susurros y a veces a gritos que no la abandonen. Su epidermis negra habla con más fluidez que nunca a través de un idioma que adora y apenas canta, y la hace interrumpir su concierto en uno de esos agobiantes veranos parisinos, a finales de los setenta, para pedirle al utilero que coloque el ventilador fijo en dirección a ella. Thank you, babe, thanks, you are so cute. Se ahoga en esta sala de tercera clase donde se ha visto obligada a cantar, sus fans no creen en la marquesina, es imposible, no es ella, se repiten, hasta dejarse vencer por las evidencias: el turbante, la piel, esa mirada dirigida a lo incierto.

La cantante no tiene nada y tampoco es feliz, a no ser mientras toca y canta. Aunque esa noche está disgustada porque Davie Bowie quedó en asistir y no ha aparecido. Ha interrumpido dos canciones para correr hasta el borde del escenario, y con una mano a guisa de visera en la frente para amortiguar el resplandor de las luces, ha tratado de descubrirlo en la audiencia: ¿David, estás ahí?, ya me habías dicho que llegarías tarde, no te veo, ¿estás ahí?, te espero, babe, no me falles. Señala a un joven de la primera fila: You are so cute, yes, you are. La audiencia ríe la ocurrencia, y se conmueve con cada susurro o grito de esta mujer inclasificable que corre hacia el piano a iniciar una canción o a continuarla donde la interrumpió o donde le parezca.

La piel de mi querida Nina sigue cantando, en tanto acaricio los largos brazos de Phill, cuyo cuerpo hierve dormido a mi lado. Su epidermis, esa aparente frontera, es en verdad horizonte y tránsito permanente, mi vía de regreso a la inocencia: frescura y humores inodoros de diecinueve años. La vejez sería demasiado indigna de vivirse si no despertara al niño dormido dentro de una, al intermediario de los mundos, del regreso consciente, a puer aeternus (el púber eterno), quien puede contemplar el interior y el exterior. Ese niño tiene el poder de recordar otro estado, su sentido de la belleza es agudo, completo, y es el único que puede reconciliar el dolor acumulado con la felicidad del presente. La vejez, a través de los ojos vívidos del intermediario, es dichosa aproximación al aparente final, el convencimiento de que el horizonte se ha movido lejos de nuevo y el inicio de otra felicidad, silenciosa y real. Por eso no la mostramos a nadie. No necesita aprobación, ni está regulada, ni es comprensible para quien no la experimente. Nina interrumpe su canción, se palpa el pecho sudado y mira con odio al ventilador. Corre a pararse al borde del escenario, a decirle al público que ha llegado de pasar una temporada en África: Estaba en Liberia, with my old man, you know. ¿Nunca han estado en África?, pregunta sorprendida. No puedo creerlo, están tan cerca de esas tierras, deben ir. Se queda mirando al vacío y se vuelve a colocar una mano como visera: David, ¿estás ahí?, ¿no?, ok, te espero, babe, no me falles. De súbito, Nina se da vuelta y corre a sentarse al piano. Luego achacarán esos cambios de estado, a un desorden bipolar, siempre tendrán que juzgar y clasificar, ponerle nombre a lo incomprensible en vez de gozarlo. No pueden explicarse por qué esta mujer no se calla nada, ni la comunicación que mantiene con su audiencia tanto en este sitio de mala muerte como en el Olimpia. Por eso dejó su tierra, donde por lo general le esperaban malas noticias. Nunca habría compuesto, como hizo Josephine, una canción sobre sus dos amores: su patria y París. Nina grita su amor por África.

Su piel sudada es la que cuenta en silencio sus pasiones y desencuentros, y vocea la historia de sus ancestros en cada susurro desgarrante o en cada grito. Su bisabuela india se casó con un esclavo. Su hijo, el abuelo de Nina, era un negro de mirada india. Su mujer, igual, con el añadido de sangre irlandesa por parte de madre. Sangre mezclada por deseos, en medio de horrores, tonalidades del color negro, esclavitud y genocidio para crear la plantación y una línea de ferrocarril a través del condado Chesney, en la frontera entre Carolina del Sur y del Norte. Genocidio y esclavitud como ahora, aunque pocos se atrevan a decirlo. ¿En qué hemos cambiado? ¿En la comodidad de alargar mi brazo, pasarlo por encima de Phill, sin despertarlo por supuesto, tomar el control remoto y silenciar a Nina para que mi niño siga durmiendo? Ese control remoto es todo lo que nos separa de la época vivida por la bisabuela de Nina. La imaginación juega con nosotros, somos sus títeres. Eso llamado comodidad, ¿quién nos lo inculca? ¿Qué aspecto irreal dentro de nosotros nos impulsa y nos obliga a alimentar una imagen glamorosa, falsa? El pago por sostener lo que no somos, es aburrimiento, indolencia, prisión de una vida dedicada a la autocomplacencia, erigida y cultivada en sustitución de la realidad. ¿Cuándo dejaremos de vivir en la alfombra roja?

Déjame verte, le susurré a mi niño hace un rato, déjame hacer, le exigí. La vida, ese proceso, ese fluir, puede ser tan retorcida, tan siniestra, como para borrar de un tirón, con una sorpresa resumida en una epidermis de diecinueve años, la totalidad del dolor que me ha ido sembrando durante sesenta. La vida deposita dolor y lo arranca cuando le viene en gana. ¿Es la existencia o una la que inventa el dolor o lo interpreta de esa forma? ¿Dónde está ese mí traicionado por la vida, que justifica sus dramas o los inventa?

Y James Balwin: Ese es el mundo que has creado para ti, Nina, ahora tienes que vivirlo, no hay salida. Vívelo a fondo. Ni ores ni pidas, Dios no tiene nada que ver con tu creación personal, te ha hecho libre para que escojas y rectifiques si lo crees, no te lamentes ni sufras por gusto. Vive

Como la abuela de Sary, que en su vejez encontró el amor compartido de Chano, había yo dado con Phill, nieto de uno de los viejos del edificio. Deseoso de practicar su español, según decía, no sólo fue el regalo más impensable que pudiera llegarme sino también una suerte de cura del dolor por la pérdida de mi sobrino. Qué egoísmo dicta este deseo de abrazar a Mío. Me veo dolida, egoísta y en paz. ¿Será que Phill me da paz o algo en mí que ha comprendido? La comprensión es la mejor arma de los humanos, y a las mujeres nos sobra. Bajo la piel hay muchos misterios que jamás se abrirán, jamás podrán explicarse, pero pueden sentirse, es decir, vivirse.

Me veo negrísima junto a Phill, que se despierta. Me ha confesado que el contraste lo excita. Y me excita: Déjame olerte parte por parte, le murmuro, no te muevas. Déjame olerte. Nunca me hubiera acostado con un hombre lampiño, nunca me interesaron. Bueno, Phill es sólo un niño hermoso y un poco solo, y huele a nada, o sea, a silencio. Su piel borró mis miedos. No por mí, estoy demasiado cansada para preocuparme por mí, sino por los demás. Las mentiras, el hipnotismo de la vida, el miedo utilizado para la consecución de la agenda de unos pocos. La maldad ilimitada, escondida. La piel de Phill es el olvido del resto de lo que sé, peor de lo que intuyo. No me sirven de nada saber e intuir, no le sirve a nadie. Cualquier acción probablemente se traduciría en peor confusión. Colaboraría con el horror, de cierta forma. Y el olvido y el egoísmo repiten: Déjame olerte, Phill, no te muevas. Presiono despacio, sugiriendo a mi precioso regalo que se voltee, y él me complace. La palma de mi mano puede desplazarse muy lentamente desde su nuca, a través de la columna vertebral y llegar a sus nalgas, proseguir por el envés de sus muslos y de sus pantorrillas jaspeadas de vellitos, hasta sus anchos y fabulosos pies de campesino de Michigan. A la palma de mi mano le sigue mi nariz obsesionada y mi boca. Y mi olvido paraliza sus intenciones de moverse: Déjame hacer, deseo olerte. La realidad de lo que sé, peor de lo que intuyo, es incapaz de convivir con la presencia de la piel de este niño que no lo es. El olvido guía la palma de mi mano y mi olfato. Mano y olfato convertidos en órganos de un solo sentido físico desenfrenado, ciego. El tacto de su piel, su olor a nada, se superponen en una lucha por predominar, incomprensible, y me pierdo. Estos instantes no pueden convivir con la vida tal como la conocemos. No forman parte de ella ni de sus fardos consecutivos, no son de aquí ni de allá, sino sólo del ahora. Recordar e intentar revivir instantes así, es una verdadera traición contra nosotros mismos porque jamás serán iguales. Lo sabio es dejar que surjan, fluyan y desaparezcan, pero, ¿quién posee esa contención ante la belleza? ¿Quién no desea poseerla una y mil veces? Somos marionetas de los deseos, y sin embargo, su cualidad cambia si los colocamos en el punto justo de la escala. Somos una escala extendida hasta el firmamento, movernos en ella puede enterrar nuestra psicología en un sitio no alcanzable por la vida, donde estamos muertos aunque caminemos o tengamos sexo, o podemos continuar elevándonos. Saciar los deseos, entonces, no deja frustración, porque nuestra estatura es inmensamente mayor, los vemos desde lejos, les dejamos dominarnos, participamos conscientemente en el juego. Lo abandonamos al recordar un deseo mayor: el de liberarnos de todo aquí y ahora.

Phill me susurra que esto es mejor que el sexo. La risa me quiere saltar, y me prometo ponerle un nombre a este sexo que no lo es. Quizás pueda escribir un nuevo manual para desheredados de ese misterio. Desgraciado hábito de explicar y nombrar, maldito, abominable parloteo mental, interpuesto entre Phill y yo como una bruma. Contemplo a mi niño mientras la piel de Nina sigue pidiendo sin esperanza que no la abandonen.

Ahora mis manos continúan palpando, suben al cuello, a los cabellos, a oler sin tregua. Él me detiene con fuerza y me vuelve, me deposita en la sábana, alelado mira mi negritud y me muestra lo que sabe hacer. De inmediato me uno a su ritmo, que no es suyo ni mío ni de nadie. Le pido que se detenga, para quedarnos fundidos, para desaparecer en una inconmensurable paz unos segundos. Él me complace, y caemos en un feliz despeñadero, en un abismo. Él lo sabe. Bueno, digo él, ¿cómo voy a hablar de él si no está? ¿Y quién es la que recuerda si tampoco está? ¿Quiénes se han desprendido por el abismo? Dos sin nombre: uno.

Phill no soporta por mucho rato ese estado que le impongo y le he propuesto desde que me besara en la recepción del edificio. Dejó de firmar el registro de visitantes, en cuanto se volvió un asiduo. Sube, les decía a quienes iba conociendo, familiares o amigos de mis viejitos abandonados. ¿Por qué no a él, que se presentó y me preguntó mi nombre con su sonrisa genuina además de alarmante? Su padre viudo se había mudado para un estudio en el cuarto piso el mes anterior. Phill venía a verlo a menudo, para sorpresa mía. Al bajar, aparecía por el elevador abierto, con aire intrigante y descarado. Jamás se iba. Se recostaba al muro de la recepción y me hacía preguntas. Quería saber de Cuba, de cómo vivía la gente y si había manera de ir. Deseaba saber de mí, no lo paraba ni mi advertencia de haber cumplido sesenta años. Es mentira, ¿por qué mientes?, no seas mentirosa, no te creo. Hasta me exigió ver la licencia de conducción. Bah, ¿y qué?, soltó entregándomela, eso no es importante.

En este trabajo de recepcionista he pasado por situaciones raras. Bueno, lo admito, mi vida ha sido rara. Una negra cubana fanática a la vez de una Nina adolorida, de una Baker gozadora y autoproclamada madre universal, y de la rockera Grace Slick. ¿No estaré un tanto enloquecida? ¿Cómo se explica ese maridaje de gustos? No tengo sangre mezclada que yo sepa, mi familia es negra de pura cepa.

Una noche Phill se hizo el sordo, se reía de mi acento. Me acercaba una de sus orejas disculpándome por no haberme entendido. Hasta ese día nos habíamos comunicado a la perfección. Son las diez de la noche, Phill, ¿por qué no te vas?, ¿tienes clases mañana, no?, le dije inclinándome y caí en la trampa como Timba. Me agarró la boca con la suya, me pasó su aliento de bebote, me impuso su olor a nada y le respondí con un beso largo, perturbador. Por suerte no había ningún viejito desvelado caminando por los pasillos del edificio, ni nadie entró de la calle. Él había calculado el tiempo ideal para transmitirme su aliento, su olor a diecinueve años.

El amor, el sexo, no es poseer, es posesión. Nuestra obsesión por poseer convierte al amado en cosa. Estoy segura, Nina lo sabía. La piel de su old man liberiano, seguramente compartida, era su horizonte perennemente alejado. A Nina sólo le importaban la piel y la música, por eso se desnudó en el aristocrático club The Maze, recién llegada a Liberia. Miriam Makeba había arrastrado a Nina con su hija hacia Monrovia, luego de saber los problemas de la cantante, separada de un maridomanager que no le permitía descansar, obsesionado con garantizar un retiro cómodo en el futuro. Una pizarra colgada en la cocina de la casa de Mount Vernon, dejaba constancia de los años inexcusables para el retiro de la estrella y de su esposo. Andy había acabado por renunciar a su empleo como detective para convertirse en manager de la cantante, y había resultado bueno en eso, demasiado. Quizás ambos hubieran envejecido juntos, si Andy se hubiera ocupado también de comprender a su mujer. La condenada pizarra colgada en la cocina de la casa de Mount Vernon, con el calendario de las presentaciones contratadas por él y los años tentativos para lograr el retiro del matrimonio, escritos en tiza amarilla resaltante y difícil de borrar, terminaron por enfriar la piel de Nina, tan mujer como diva, quien necesitaba vivir en vez de soñar con un futuro inexistente, pues se vuelve presente para ser.

Una mañana se levantó con las pasas viradas, y se sentó a escribirle una nota a Andy, que andaba de viaje, a la búsqueda de contrataciones. Sobre la condenada pizarra y usando la tiza amarilla imborrable, escribió: Andy, cancela de inmediato ensayos, conciertos, entrevistas, fiestas y banquetes caritativos, porque voy a descansar de verdad, regreso en unos meses. Nina partió con su hija hacia Barbados.

Phil y yo seguimos fundidos en ese ritmo no humano, nuestras pieles son su aparente frontera, límite imprescindible y a la vez imaginario, horizonte alejado con cada nota que da el piano de Nina, con cada susurro o cada grito. No me abandones, exige o ruega, en ese idioma que adora y apenas canta. Mi niño y yo sabemos mucho acerca de ella. Nos lo dice el tacto de sus dedos en las teclas, mejor que la amistad de los padres de Phill con esta mujer durante la época del Village Gate.

A su regreso, ya sin Andy, Nina empezó a moverse entre Filadelfia y New York. En Filadelfia, Al Schackman había oído hablar de la incipiente fama de una intérprete que tocaba al piano y cantaba una inclasificable versión de I Loves You, Porgy y de otras canciones populares, impregnándolas con raptos de música clásica y ostentando de una técnica impecable. Clásico impregnado de jazz. Nina incluía en sus conciertos, spirituals junto a canciones infantiles, los críticos no sabían dónde colocarla, pero eso no impedía que la siguieran los jóvenes del movimiento folk, los fanáticos del jazz y del blues, los del pop y los amantes de la música clásica. Los críticos se dieron por vencidos y acuñaron un término novedoso para designarla: cantante de jazz-and-something-else.

Al Schackman visitó el Village e invitó a Nina a descargar. Nina le advirtió no ser una jazzista consumada. Los músicos de jazz, antes de improvisar, deben haber escuchado a sus contrapartes, conocer sus temperamentos, sus frustraciones y alegrías, deben haber verbalizado sus emociones antes de armonizar sus intenciones musicales. Sin embargo, la guitarra de Al ya había atravesado la piel de Nina cuando sus dedos desplegaron las notas del inicio de Little Girl Blue, como si hubieran tocado juntos durante siglos. Ambos sabían dónde empezaban y hacia dónde se dirigían. Improvisaron varias horas sin mirarse, fue una epifanía para la aspirante a convertirse en la primera concertista negra de música clásica del país.

La pequeña genio había sido el orgullo de un pueblo que organizó una fundación para pagar por sus lecciones de piano, y se negó a iniciar su debut artístico hasta que sus padres volvieran a sentarse en la primera fila del salón de la alcaldía, donde habían sido sustituidos por una pareja de blancos. Fue la epifanía inicial, en una larga consecución de ellas a través de su carrera. Todavía ahorraba para pagarse por sus lecciones de piano.

Nina se convirtió en la Reina del Village, mimada por los intelectuales y los artistas, John Coltrane, Art Pepper, George Adams, Langston Hughes, Jimmy Baldwin, tanto talento. El Village Gate era el centro del jazz y la política, y Woody Allen abría el show con sus chistes. Frente al Village Gate, The Bitter End con Joan Baez, Peter, Paul and Mary, Odetta y un jovencito llamado Bob Dylan. Qué realidad tan opuesta a la actual, donde las tetas, los culos y los meneos virtuales han suprimido a las pieles desgarradas por el dolor propio y el ajeno.

Observo a mi niño. No habría un instante tan perfecto como este para morir, impregnada de su respiración, protegida por su olor a nada, mirando los pies venosos de este regalo de la vida y escuchando el dolor insondable de Nina. ¿Dónde hallar un momento así para marchar, arropada de juventud, de una belleza no consciente de sí, de un silencio unificador, diluyente? Este instante no podrá repetirse, hacerlo dañaría irreparablemente su recuerdo. Quedará fijo en un área de mi cerebro, en algunas de sus células más tibias y acogedoras. Quedará sembrado entre mis más bellas emociones. Dejaré fluir estos encuentros en el río del azar, no intervendré.

El padre de Phill, residente del piso diez del edificio de mis viejitos, estaba en Londres con su mujer y su hijo pequeño, cuando Nina resurgía del ostracismo buscado por su necesidad impostergable de descansar, para ganarse la vida y la de su hija, y para gozar de nuevo con esas epifanías generadas por la música en un espacio saturado de gente gozosa. Me imagino la audiencia felizmente hipnotizada por la piel cantora de Nina, sin esa inquietud permanente y asumida hoy como norma de vida, sin ese hipnotismo falso que no nos permite estar presentes, o sea, vivir.

Como yo recuerdo mi iniciación cabaretera en el Capri de La Habana, cuarenta años atrás, asimismo Phill no podía olvidar la impresión que le causara Nina durante el London Royal Festival Hall en mil novecientos noventa y nueve. La diva salió al escenario envuelta en un ciclón de aplausos y gritos. Seria, con sus ojos desmesurados y pasos de princesa egipcia, como le gustaba llamarse, sin inclinarse a saludar ni a decir gracias, muy altiva, esperó que terminara el aluvión de cariño. Entonces, caminó hacia el piano, se llevó una mano a la boca con lenta elegancia, se sacó un chicle, lo pegó en un costado del instrumento que iba a hacer volar, se sentó y comenzó a cantar. Los gritos, el júbilo de los asistentes, se intensificaron, no la dejaban empezar. Hasta que se paró muy altiva todavía, corrió hacia el centro del escenario, se rió y lanzó besos.

Luego de terminado con varias cortinas de despedida este concierto de relanzamiento, los padres de Phill fueron a saludarla. Nina besó y apretujó a Phill y se quejó: Ni me pregunten cómo estoy, ya saben cuánto odio este negocio, es muy duro, nunca sabes si te pagarán lo que te deben, la seguidilla de hoteles y vuelos, la mala comida, el apremio, las exigencias, you name it!, para que al final de la jornada la gente piratee tus discos y te pidan dinero porque piensan que vives como una reina, es una insensatez.

Nina no recuerda su confesión pública, a mediados de los sesenta, ni el estado de gracia que descendía sobre ella al hacer contacto con el piano y sus dedos empezar a deslizarse con vida propia. En esos segundos las fracturas estaban selladas, los eventos desgraciados encajaban en su lugar, se combinaban con la emoción justa y adquirían sentido: era poseída y transformada por un inexplicable estado del ser donde la realidad se sentía demasiado intensa y viva. El público era testigo ruidoso de la magia, regresaba a sus hogares con la seguridad de haber presenciado un hecho inigualable, sin saber explicarlo fuera del contexto de esas dos horas saturadas por la piel de Nina disuelta entre las teclas.

Le conté a Phill que Nina había intentado seducir a Louis Farrakhan, (love me or leave me, baby), le habían llamaron la atención los pies pequeños del reverendo, los contemplaba asombrada mientras el hombre no paraba de explicarle sus ideas de convertir a los negros americanos al Islam y crear una nación separada para ellos. Es un sinsentido, piensa Nina sin apartar sus ojos de los pies del pastor, imaginándose cómo su madre se los habría lavado en la niñez, si a los negros le dan ese poder entonces van a discriminar a los blancos, los poderosos no sueltan su cetro, no hay que ser reverendo para saberlo. Una mujer atraída por un hombre de pies pequeños. Echo un vistazo a los de Phill, anchos, consistentes, con unas venas preciosas marcadas en los costados y en las plantas, como deben ser los pies de todos los guajiros del Medio Oeste. Phill desconocía que Nina había bailado desnuda en Monrovia, y que Chico, su novio hispano, la bautizó como Niña, palabra difícil de pronunciar, y la tradujo como Nina. Escogió su apellido artístico Simone por la actriz Simone Signoret.

Como en los cambios de curso de acción de los peores melodramas, una noche Nina escuchó una conversación que alteró para siempre la incomparable relación que mantuviera con su padre desde la niñez. A través de la cocina, pegados a la pequeña pizarra en la cual se contaban los años para alcanzar el retiro, vio a su padre cuchicheando con Andy. Su viejo querido le contaba lo mucho que le debía su exitosa hija. El hombre, de súbito un extraño, había olvidado o era incapaz de reconocer que a partir de su enfermedad había sido Momma quien había trabajado para mantener a la familia. Nina entró en la cocina gritándole que él había dejado de ser su padre. Aquella relación extraordinaria se desmoronó en un minuto, no era ese el tipo de traición que ella perdonaba. No lo volvió a ver jamás, ni en su lecho de muerte, enfrentada a los pedidos de la familia para que fuera a despedirlo. Un brujo de Monrovia, un doctor, como le dicen en África, sería el catalizador de la paz que Nina buscaba restablecer con el persecutorio fantasma de su padre. Nina siguió meticulosamente las indicaciones del doctor, para elevar el alma de su padre y restablecer la conexión que habían mantenido en el pasado.

Miro el reloj. Phill se va a marchar en un rato. Va a trabajar, tan niño. Deberá pagarse sus estudios, endeudarse, competir, demostrar su propósito de querer más, y se perderá en los objetos como uno más. La vida lo engullirá sin darse cuenta, y estará convencido, y convencerá a los demás, de su felicidad. Sin los padres que le deparó la existencia, sería peor para él. No lo sabe ahora, quizás en la vejez lo entienda. Tardía e inútil comprensión. Una madre y un padre adoradores de la música, del arte y la literatura no podían menos que procrear un niño así. No fueron como esos que exigen nietos para mostrar como trofeos, no le han pedido nada a su hijo aparte de autenticidad y valentía para ser genuino. O quizás, sin capacidad para interpretar las bendiciones su vida, Phill repetirá lo maravilloso de ser padre. Y mientras la humanidad estrena nuevos hijos, profundamente dormidos por la ignorancia, por el brillo y la apariencia de los objetos, por el bate y la pelota, o las patadas y los gritos de ¡gol!, mientras los fanáticos de los equipos rivales se enfrentan a golpes y el mentiroso que condujo a la guerra es quien rinde tributo a los caídos el Día de los Veteranos, el Nuevo Orden silenciosamente impuesto en nombre del avance de la raza humana, seguirá con sus planes. La destrucción total es necesaria para la creación de lo nuevo, la creación del arca que permita la supervivencia de los más aptos. Ha ocurrido siempre y seguirá ocurriendo, porque nada ha cambiado en la condición humana a no ser este control remoto con el cual podría silenciar la voz de Nina sin despertar a mi niño.

Observo su respiración relajada. Este sería el momento ideal para marcharme. Quisiera partir en paz, como Josephine, que después de varias noches de su gran espectáculo, de conquistar París como lo había hecho cincuenta años atrás, se quedó inconsciente en su cama, rodeada de artículos de periódicos con loas y fotos. La Baker había nacido en el hospital St. Louis Social Evil, donde se trataban a prostitutas con enfermedades venéreas. Murió en el hospital Salpêtrière, construido para las prostitutas, los mendigos y las mujeres criminales de París, porque era el más cercano del hotel donde se había hospedado. Me pregunto si habrá mejor ocasión para morir que al lado de un niño permanentemente asombrado como este que ahora despierta al lado mío.

Mi hermana no se acuerda de si fue ella quien me llevó a ver aquel imborrable show de Josephine Baker, le confieso a Phill. Es extraño influir en alguien tan profundamente y no recordarlo, susurro. Phill me mira desconcertado. Pongo mi mano sobre su boca fresca, para que no interrumpa el rostro alegre de ese recuerdo.

j'ai deux amours

oh, God, why didn't you make us all one color?
it would have been so much simpler.

Oración de Tumpy, a los doce años

Ah!, ce cul... it gave all Paris a hard-on.

Maurice Bataille

Una cintura rodeada de plátanos se ha resistido siempre a la inminencia de la vejez y a la angustia que abonan ese tránsito inevitable. Son las piernas y una silueta descubiertas por la Europa de los años veinte del siglo pasado, las de otra mujer, menos negra que Nina, que baila o proclama sus dos amores: su patria y París. You know, my country is Paris, se retractaba en las conferencias de prensa, si los recuerdos de su niñez en St. Louis borboteaban demasiado dolorosos.

Sentada en una estera de colores, a la derecha del escenario del Amadeo Roldán, entona una canción hebrea que la voz y la presencia soberbias de Lena Horne convertirán en hit, y Santiago Álvarez usará en su impactante cortometraje precursor de los video clips musicales. Una versión en inglés cuya fidelidad al original jamás me he molestado en verificar, porque la barrera del idioma cae despedazada por las interpretaciones extraordinarias, por las obras fuera de lo común. ¿Que Lena era elitista? La prensa «libre» y la censurada pueden conjurarse para insertar la misma cantidad de heces entre la realidad y el lector, idéntica ceguera y profundos e insalvables sueños que confundimos con el acto (y el arte) de vivir. Nunca vi a Lena en un escenario, me bastó escuchar su versión al inglés de esa vieja canción hebrea cantada por la Baker, para saber que ambas eran de las grandes. ¿Qué prensa libre ni censurada sería capaz de valorar la incitación de esas cadencias, y esa poesía del dolor, yacentes bajo pieles demasiado claras para ser negras o demasiado negras para ser talentosas? ¿Qué papel aguanta el registro de la celebración de la vida en su totalidad, de su belleza y de su horror, de sus sombras en igual grado que de su luz, del amor individual decididamente integrado al destino común? Europa fue la solución de muchos. En París no había expatriados, porque era una fiesta.

De Lena no puedo dar fe, porque era muy joven cuando llegué a este país y me dejaron atónita las rockeras de los setenta. Una negra rockera de Marianao era síntoma de apostasía para los cubanos. Apostasía asumida y bien compensada por el talento de mujeronas inteligentes y rebeldes como Grace Slick. Pasaron lustros hasta que aprendí a disfrutar del jazz o de un nostálgico blues, hasta que reintegré a mi vida la música cubana, al estilo de Nenita, quien se emocionaba igualmente escuchando un bolero, una balada o se dejaba arrastrar por un guaguancó.

Nenita poseía una emoción para cada género musical y los disfrutaba con la cara de una niña descubridora, como si la misma letra almibarada, los mismos acordes y el mismo retumbar de los tambores tuvieran una cualidad diferente durante cada interpretación en vivo o reproducida por aquellos long plays de acetato. De la pasión de Nenita fui testigo siempre asombrada. De Josephine también puedo dar fe, aunque por una sola ocasión. La vi en escena una noche incontrastable desde el gallinero del teatro Amadeo Roldán: el mejor regalo de cumpleaños de mi vida.

Mi hermana y su marido, que podían darse esos gustos, me habían mostrado los rezagos glamorosos de La Habana, aprovechando mi estatura para simular una mayoría de edad lejos de haber alcanzado. A mi iniciación cabaretera en el Capri con Los tiempos de mamá y papá, con Germán Pinelli y María de los Ángeles Santana, le siguieron varios shows en Tropicana: Buenos días INIT y Los romanos eran así. También salía con Sary y con Nenita, quien nos llevaba adonde le pedíamos. Asamblea de Mujeres, en el inolvidable guiñol para adultos de los Camejo, nos recordó, en medio del texto griego y a guisa de trompeta por boca de una gorda traviesa, que las escobas plásticas iban a ser la solución de nuestros problemas de limpieza. Teatro experimental, vernáculo, incomparables funciones de ballet y musicales clásicos y nacionales, la nocturnidad habanera se empecinaba en no desaparecer.

La casona del Ballet Nacional, el parque, el Carmelo de Calzada, el querido teatro Amadeo cuyo hermoso techo mis amigos becados en F y Tercera verían desplomarse durante un fuego interminable a mediados de los setenta, como si aquellas ruinas despreciables hubieran podido cambiar el rumbo de las cosas. Los estudiantes se pararon en los balcones, con incredulidad, a llorar la muerte del Amadeo, el Auditórium para los profesores viejos. Fueron días de duelo para todos, convencidos o tapiñados, titubeantes o ciegos, en el edificio de F y Tercera y en las aulas universitarias. La unanimidad auténtica se encargaba de reemplazar, a través de las llamas y de ese detestable mal olor acompañante de cualquier destrucción, física o psicológica, al secretismo, la avenencia falsa y la cursilería. Fueron días de duelo unánime en las becas universitarias y en las aulas. Fue uno de los grandes duelos de una ciudad y un pueblo gozadores bajo cualquier sino.

Conocí a Felito en uno de aquellos molotes en el Amadeo, a la caza de entradas para ver el debut como solista de Farah María. Con las manos sosteniendo a duras penas el vaso de «guachipupa» y el pan con queso rancio que había comprado en el Carmelo, casi metida en su pecho, me susurró que le sobraba una entrada. Le hice una seña cómplice para que no lo dijera, convencida de que Nenita y Sary se irían, cansadas de la matazón, como ocurrió. Nenita le pidió a mi admirador que me acompañara a casa o a la parada, si lográbamos ver el espectáculo y salíamos tarde. Sary se fue a regañadientes, qué le voy a decir a tu madre, ya la conoces, y con esa cabeza tuya, por favor, ni hables, dale, vamos. Las escasas, casi nulas, situaciones donde Nenita se ponía de malas, nos exigían obedecerla a ciegas. Felito me miró intrigado, no era el momento de explicarle cómo una joven de nuestra edad se las arreglaba para hacer brujerías solitarias e intuitivas que impidieran su salida de Cuba, mientras los demás les pagaban a los brujos para que abrieran el camino del exilio. ¿Cómo un extraño iba a entender una brujería tan contracorriente, si no la entendía yo, criada con Sary? Felito prometió acompañarme a la parada. Le di un beso a Nenita y volví a meterme en el pecho de mi nuevo amigo, quien había hallado la cola de la gente con entradas, disuelta en la multitud que saturaba los escalones y ponía en peligro las rejas del portal del teatro.

Alguien comentó que Farah se había hecho santo para empezar su nueva carrera con buena pata, y lo íbamos a comprobar esa noche. Las historias más disparatadas se pasaban de boca a oído o se gritaban a los vientos, hubieran dejado pasmada a la modelo convertida en cantante por el genio de Meme. De pronto, se corrió un chisme grande: Bola de Nieve había acabado de fallecer en México, lo habían anunciado por Radio Reloj. Quienes habíamos aborrecido la ruptura de Los Meme y queríamos celebrar el debut de Farah, ahora nos enfrentábamos a la bola de Bola. Porque queríamos pensar que era bola. Lo de Bola es bola, repetían las pájaras, las lesbianas, los pepillos, las parejas, los hippies, las viejas y los viejos. Claro, es bola, nos quieren amargar el debut de Farah, gritó una loca, y no lo van a lograr, bastante «salá» estoy ya.

Uno gritó que Farah había salido al escenario: Oigan, se está cayendo el teatro. va a empezar a cantar. Nos abalanzamos sobre las rejas débiles del Amadeo, desgajamos las puertas y entramos como unos bandidos que vieran en peligro su botín. Allí estaba, vestida de blanco hasta el piso. Uh, se hizo Obatalá, murmuraban las miradas cómplices en los pasillos de la platea. Obatalá, Obatalá, voceaban mirando hacia atrás, a los atorados en las escaleras y los pasillos del teatro. No puede ser. No lo creo. Imposible. El dolor por la muerte de Bola quedaba postergado por las baladas de Farah, por su elegancia.

Pero antes, en el sesenta y seis, mi hermana me sorprendió con la invitación al Amadeo para ver a una vedette que, aseguraba, era una leyenda. Mi amor por el teatro nació en esa segunda visita de Josephine Baker a La Habana. Las puertas del Hotel Nacional, cerradas para ella durante los cincuenta (como le sucediera en New York y en ciertas ciudades de Europa que acabaron por rendirse a sus tropelías vodevilescas), se les abrían ahora como invitada especial a una conferencia de naciones pobres, y acogían también a su arco iris de hijos. Josephine fue a Cuba, grabó un disco con canciones en español y francés y actuó en el teatro de Calzada. En el escenario se irguieron las plumas en su cabeza, aupadas por infinitas plumas evidentes o no del público. ¿Habría olvidado la artista, por unos días, las presiones económicas y la incómoda dependencia de sus benefactores para que su troupe colorida de niños sobreviviera? El mercado había cambiado, y ya se sabe cuánto de desgraciado olvido conlleva la volatilidad de los gustos masivos. No obstante, esa insistencia suya de que estaba enamorada, con los labios en flor encendidos, de que tenía dos amores (aunque su historia confirmaba la existencia de muchísimos más), de que en su villa cabía la humanidad completa (con la contribución de Grace Kelly, de su príncipe y de los impuestos del principado de Mónaco), y sobre todo aquel crescendo de la canción hebrea que no me ha preocupado comparar con la versión en inglés, porque ambas interpretaciones hablaban por sí solas, eran pruebas suficientes de que algo desconocido e inexplicable se apoderaba de ella, como le ocurría a Nina y acaso a todos, protagonistas y asistentes a un evento de arte genuino. Fuimos testigos de ello en el gallinero, la platea y los palcos del Amadeo a lo largo de esa noche inaudita de agosto del sesenta y seis.

La vida de Joe, de Tumpy, como la llamaba al azar su familia, fue una paradoja. Desde la antigüedad no se han cansado de repetirnos que la paradoja es la explicación más cabal de la vida, sinónimo de caos. Josephine vivió su caos a fondo y en verdad, conoció desde temprano las bendiciones de la piel, la urgencia de tocar, la algazara de la alfombra roja. ¿Sería el caos o su odio a la soledad lo que la impulsaba a hacer sexo entre un número y el siguiente, a poblar el jardín de Le Beau Chêne con estatuas desnudas, la mayoría de sí misma, y a despedir a la servidumbre para recibir al todavía desconocido y pobre Balanchine sólo con tres flores pegadas en su triángulo táctico? ¿Y?, le preguntaron al coreógrafo. Nos sentamos a almorzar como si nada, respondió.

La piel de Tumpy también le traía problemas en París: los turistas americanos insultaban a las francesas por ligarse con los negros músicos y bailarines de La Revue Nègre, con los seneganeses y congoleños que entendían el odio en ese idioma tan opuesto al suyo, y se enredaban a golpes con los racistas, y los parisinos pensaban que los americanos estaban locos de atar, por esas broncas que armaban a causa del color de la piel.

La inmensa Pavlova tuvo que esperar impacientemente por el agotamiento del público de La Revue Nègre en el MusicHall de los Campos Elíseos, para actuar en ese teatro que le habían prometido. Y Josepine: Nunca me gustaron las bailarinas en puntas, ¿la Pavlova?, espantosa. Claro, todavía no había cumplido veinte años ni Pepito le había enseñado maneras, no era la reina de

Europa y menos hablaba de la hermandad humana ni proclamaba sus dos amores, su patria y París. O París y París, según estuviera su humor.

Luego, en Viena, obligada a una audición ante el consejo de la ciudad para obtener el permiso de trabajo, acabó por seguir el consejo de Diaghilev: presentarse en puntas. Salió a escena abotonada hasta el cuello, cantó un blues y se soltó a bailar. La ciudad hervía por descubrirla, a pesar de los panfletos pegados en las calles, que la clasificaban de diablesa negra, y los curas continuaron orando por ella. Joe asistía a la misa, escuchaba los llamados a detener su actividad pecadora y se paraba en la puerta de la iglesia a entregar limosnas a los pobres. Una noche un cantante eslavo de nombre Gabor, se le atravesó en el camino, de madrugada, sacó una pistola, se voló los sesos y cayó muerto a los pies de Joe. Nunca se aclaró si se mató por amor a la vedette o por no encontrar trabajo, acosado por la recesión.

El odio y la adoración la persiguieron a su paso por Praga y Budapest. Los habitantes de Zagreb le lanzaron misiles caseros gritando loas a la cultura croata. En Ámsterdam, durante un ensayo, le sonó un galletazo al director de orquesta que después besaría para agradecerle el éxito del espectáculo. En Suecia tuvo que advertir: Mis perros me acompañan o no entro en su país. El departamento de salud extendió los pasaportes para los animales y tuvo que volverlo a hacer porque una de las perras parió en territorio sueco. En Copenhagen le confesó a un reportero americano cuánto extrañaba New York: De todas formas, si regreso a América, tendría que mantener mi residencia en París, para ir de compras, you know. Alemania fue un desastre, batallas campales entre fanáticos y detractores, y un crítico nazi investigaba a quién se le había ocurrido poner a la bella rubia Lea Seidl en el mismo show con una negra, en tanto la audiencia silbaba y pedía una verdadera cantante negra americana. En Berlín, Joe estaba tan ensimismada con los regalos de amantes o admiradores, con los anillos, los collares y los pendientes, con las perlas y las flores recién traídas de Italia, con los brazaletes llenos de piedras preciosas colocados en su cintura y en sus piernas, que no prestó atención o no entendió las frases racistas que gritaban fuera del teatro Nelson, ni siquiera vio los panfletos que la tildaban de subhumana, porque además de ser negra lo proclamaba con su desnudez. No soy inmoral sino natural, aclaraba muy asombrada a los periodistas que sacaban a relucir los ataques. Díganos, Josephine, ¿cómo se siente al ser partícipe de nuestro expresionismo, en su vertiente primitivista? Oh, bueno, mi expresión en francés es excelente y he aprovechado este viaje para aprender algunas palabras en alemán, danken.

Durante la guerra, Maurice Chevalier y Josephine fueron a divertir a los soldados franceses destacados en el frente de Marginot. Él había actuado para los combatientes de la primera guerra, para ella era algo novedoso, emocionante. Joe abrió el espectáculo del gran Chevalier, pero no podía parar de cantarles a esos campesinos maravillados, extáticos, que la conocían de oídas. Le cantaba a cada uno de ellos, les hablaba a solas, esa era la magia de ver a la Baker. Bromeaba, les levantaba los ánimos, les recordaba su amor por Francia, su compromiso por defenderla; en presencia de aquel público masculino, quizás excitada por el olor a calzado y uniformes militares, a axilas jóvenes, a pieles en parte curtidas por el trabajo en el campo o secretamente blancas, húmedas y suaves por la falta de sol, la vedette se olvidó de la estrella francesa a la espera de salir al escenario. Alguien le hizo una seña a Josephine, la hizo volver a la realidad con un gesto rápido y despedirse de los soldados. Los aplausos y los gritos la hicieron regresar varias ocasiones al centro del escenario y recorrerlo de un extremo al otro lanzando besos al aire. Levantaba los brazos, los bajaba con cara de ingenua y se inclinaba para agradecer el cariño con expresión pícara. Joe era cientos de Joes, en los escenarios donde actuaba y en el escenario de la vida.

Caminando hacia el cetro usurpado por la radiante mulata que lo había acabado de presentar, al cruzarse con ella, Chevalier le echó una mirada de rabia y le soltó: Gracias, Josephine, por tus palabras, aunque debo decírtelo, créelo o no, tú también vas a envejecer un día.

Y seguía quedándose calva como la Mistinguett, por las pelucas enormes y pesadas imposibles de soslayar en sus espectáculos, con la adición de haberse quemado el cráneo varias veces con procedimientos para el pelo que se aplicaba y el cansancio le hacía olvidar. En varias ocasiones estuvo a punto de morir carbonizada, la despertaba el olor de sus greñas quemadas. Sus vestidos continuaban siendo barrocos y pesaban como las armaduras de la Edad Media, ¿de dónde sacaba fuerzas esta mujer para desplazarse y resplandecer de un extremo al otro de la escena?

Tumpy usó sus contactos italianos, su anterior admiración por Mussolini, para espiar a través de Europa, en Marruecos y en Túnez. Aprovechaba su renombre para pasar o recoger información de la resistencia, dirigida a los aliados. Se arriesgaba por su país de adopción e hizo el amor con mayores ímpetus en esos momentos de peligro en los cuales demostraba su patriotismo.

Su patria nativa seguía siendo uno de los dos amores de Josephine, en dependencia de su estado de ánimo, de la fuerza o no de los recuerdos de su niñez en Saint Louis. En sus visitas a Estados Unidos, su francés fluido espantaba a los negros y epataba a los blancos, sin considerar la escasa propensión de sus compatriotas a aprender otras lenguas: What's wonderful about my public is that they are fidèle. ¿Fidel? Yes, you know, loyal.

Y Fanny Brice: Ah, you nigger, why don't you talk the way your mouth was born?

El concepto americano de libertad hacía de las suyas: ¿cómo una mujer autoproclamada madre universal y amante de la libertad puede sentirse hermana de Evita? ¿Qué era la libertad para Joe? Poseer y dar, dar de verdad, parece, sin convocar a banquetes ni mostrar el cheque por televisión al peor estilo fariseo. Las joyas que adoraba, las había empeñado junto con su edificio de la Avenida Bugeaud, para pagar a los músicos negados a tocar sin salario en eventos de recaudación destinada a víctimas de la guerra. En una de esas fiestas su perro fue el encanto de la gente. Le había enseñado J'ai Deux Amours, y el animal ladraba la canción en momentos inoportunos, sin habérselo ordenado nadie, como en medio de la presentación de ricos donantes o de sus discursos. Con su acostumbrado glamour, Joe abrazaba al can, le pedía silencio y daba disculpas en su nombre. El perro exaltado por la música y el baile, volvía a las mismas, deleitando la noche con las notas ladradas de la canción.

Quizás esa era la libertad proclamada por Joe, permitir que su pedro ladrara su famosa canción o tirar al adorable y pequeño Gerald desde el escenario a los brazos de su padre, director de la orquesta del espectáculo; o recordarles a sus compatriotas que la ignorancia es poco glamorosa, que el caos y la paradoja son aparentes porque algo incomprensible nos une a todos. Ella sentía con fuerza esa comunión humana, y por eso incitó a los «setenta y cinco millones de negros norteamericanos a ofrecer un dólar cada uno» en pos de crear una organización garante de los ideales de buena voluntad y armonía. A cambio, daría un concierto gratis al año. Ay, Josephine, ¿por qué no te informaste mejor? Tu ignorancia sobre ciertos asuntos era por cierto glamorosa. En mil novecientos cincuenta y dos no había ni diecisiete millones de negros en Estados Unidos. Te lo advirtieron, pero haberte pasado unos milloncitos no te detuvo. ¿Y qué te detenía?

Un tratado firmado con Francia permitía que sus científicos e investigadores no pagaran impuestos en Estados Unidos. Joe llenó la solicitud a pesar de que sus amigos le recordaran que esas facilidades no eran para franceses en el negocio del espectáculo. No obstante, la aceptaron, aun considerada en el ambiente del entretenimiento más problemática que estrella.

De manera que no pagaba impuestos al gobierno del cual desbarraba en cada presentación de la gira latinoamericana que empezó por México. El nombre de Brasil suena tan suave que toca mi corazón, dijo en el aeropuerto de Río. En Porto Alegre, el día de su partida, descubrió de pasada un vendedor de monos, y no paró hasta comprarse uno para liberarlo. Murió en el viaje.

En Uruguay dio conferencias en inglés sobre la infelicidad de los negros en su país, que la mayoría de los asistentes jamás entendió. En Argentina, donde había unos cinco mil negros en una población de dieciocho millones, anunció una campaña contra la discriminación racial. Perón la recibió, y ella se erigió en continuadora de la antorcha de Evita contra la pobreza. Entrevistada por Crónica aseguró que Estados Unidos era el único lugar donde se trataba a los negros peor que a los animales, y predijo que bajo el recién electo Eisenhower sufrirían peores humillaciones. La democracia norteamericana es una farsa, dijo. El Departamento de Justicia de Estados Unidos estudia la posibilidad de prohibir su entrada al país, le informó un periodista. Sería un gran honor, respondió.

Sus conferencias sobre la hermandad universal y su retórica antinorteamericana acabaron por hacer estragos. En La Habana fueron cancelados sus contratos con el cabaret Montmatre, el Casino Nacional y CMQTelevisión. Una audiencia con Batista acabó mal, y a la mañana siguiente Joe fue arrestada. Oficiales de inteligencia recogieron libros, panfletos y la interrogaron acerca de sus relaciones con los comunistas. Hasta donde sé, no tengo ningún amigo comunista, juró. Como a una criminal, le tomaron las huellas digitales y la fotografiaron con un número colgado de sus senos: el 0000492, jamás se lo perdonaré a ese tirano.

Era primavera, tiempo de arrancar para Les Milandes, su castillo con jardines y un parque lleno de animales, donde la esperaban veinte demandas de sus acreedores junto con la Cruz de la Legión de Honor, ¿y no vendrá de Gaulle a entregármela?, ah, ¿no es él quien condecora a la gente? Joe se coló por la puerta de la cocina del castillo, porque lo habían subastado y el nuevo dueño había cambiado las llaves, y allí, acuartelada, sin muebles, el parque sin sus queridos monos, se las arregló para llamar a los periodistas y gritarles, ¡jamás me iré de aquí, esta es mi casa! Con una vieja bata, un gorro de dormir y sus espejuelos de fondo de botella, recogía las latas de comida tiradas por la gente para que sobreviviera, ¿se acordaría de cuando Tumpy hurgaba en los basureros de las casas de los blancos ricos en su ciudad natal?

Sus hijos adoptados estaban convencidos de la inmortalidad de Josephine. Esa mujer, que según las circunstancias les servía pan con mantequilla (allez, allez, ese es el desayuno de hoy), los llevaba a un lujoso restaurante de Monte Carlo (donde vivían en una villa alquilada por la princesa Grace), o se gastaba medio millón de francos en ropas para ellos en la mejor tienda de Niza, se iba de gira a hacer dinero para ellos y a disfrutar del escenario, les enseñaba maneras y escandalizaba a la vez. Esa mujer, pensaban, era inmortal.

Como de Estados Unidos no le llegaba ninguna oferta de trabajo, Joe intentó regresar a algún escenario de París. Se encontró con un viejo enamorado convertido en mecenas, que puso a su disposición su teatro Bobino, en Montparnasse. Es perfecto para mi despedida, quizás podemos esconder aquella columna, construir una gran escalera en el centro, tapar el pozo de la orquesta para agrandar el escenario y ponerla en un balcón, ordenó. Jean Bodson se gastó un millón de dólares en rediseñar el teatro. Joe se alborotó como una adolescente con su primer novio, y empezó a ensayar con Dany Revel, quien le compuso la pieza que abriría el espectáculo: Aquí estoy, he regresado, París, dime, ¿cómo me encontraste? Las calles de la ciudad volvieron a llenarse de anuncios de Josephine, como casi cincuenta atrás, aunque sin el apellido, pues para los franceses sólo han existido dos Josefinas: la mujer de Napoleón y la

Baker. A sus hijos no les permitió ir a verla al Bobino. En París, pertenecía únicamente a sus espectadores.

La noche del estreno, las olas de aplausos no dejaban proseguir el show: treinta y cuatro canciones y quince escenas relataban los inicios de la estrella, sus experiencias durante la guerra, hasta se rió de los malos tiempos en Les Milandes. Un telegrama de Giscard d'Estaing interrumpió la ovación final, a nombre de una Francia agradecida cuyo corazón había latido tanto junto al de ella. Esa noche Joe se negó a abandonar la fiesta del estreno, después de ser condecorada con la Gran Medalla Vermeil de la Ciudad de París, y estuvo agasajando a los invitados hasta las cuatro de la mañana.

La segunda noche del espectáculo también fue apoteósica. A las dos de la tarde siguiente, Joe no respondía a los zarandeos que intentaban despertarla. Estaba acostada sobre su costado izquierdo, sus espejuelos habían caído al piso y su cama estaba llena de periódicos con emotivos cintillos acerca del gran espectáculo de regreso. Avisaron al médico, quien decidió enviarla al hospital Salpêtrière pues estaba cerca y tenía el mejor salón de emergencia de la ciudad. Allí falleció a las cinco y media de la mañana. Los medios dieron la noticia, sus amigos y sobre todo sus hijos no podían creerlo.

Joe debía estar en algún sitio, probándose las pelucas que la estaban dejando calva, echándose crema en las piernas, dándose los toques finales de maquillaje antes de salir a cantar o preparando un discurso sobre la hermandad humana. Tumpy tenía que ser inmortal: tanta energía no podía desaparecer así, de sopetón. ¿Cómo iba a ser posible?

La multitudinaria procesión comenzó en el hospital, se detuvo frente a la marquesina del Bobino, encendida en pleno mediodía, y continuó hacia la iglesia de la Magdalena, cuyo sacerdote tuvo que ser reblandecido para que celebrara una misa en honor de semejante pecadora. Miles de admiradores la siguieron, y en la iglesia se le unieron Delon, la Loren, la princesa Grace, la gente sencilla, los niños. Grace había negociado un segundo funeral privado y el entierro en el cementerio de Monte Carlo. El cuerpo de Joe partió hacia Mónaco.

En la iglesia St. Charles del Principado, seleccionada para la misa, se había celebrado una boda y había granos de arroz por dondequiera, el ambiente era de celebración de la vida. El obispo recordó a los dolientes que la artista había sido la iniciadora de la lucha por conseguir la unión de los hijos de Dios, de cualquier color y religión, una batalla que los demás estaban en la obligación de proseguir. Luego el féretro fue llevado al cementerio y colocado en un altar a cielo abierto, rasgado por el sol de la Riviera, en medio de un templo griego de cuatro columnas.

Seis meses pasaron hasta que el France Dimanche publicó la noticia en titular de primera página: Incluso los perros merecen entierro. Los restos de Tumpy habían sido colocados en el cuarto donde los jardineros del cementerio guardaban sus picos, palas y las ropas llenas de tierra usadas en su trabajo, mientras la princesa Grace consideraba varios tonos, calidades y combinaciones de mármol negro para la tumba de su protegida.

El dos de octubre de mil novecientos setenta y cinco, Joe fue definitivamente enterrada, al cumplirse cincuenta años exactos de su aparición en un escenario parisino. ¿Coincidencia? No lo creo. Grace sabía bastante acerca de la vida y la muerte, el sufrimiento y el placer, los deseos y el vacío, y diría que ayudó a completar y cerrar el ciclo de Tumpy. El ciclo que la Princesa no pudo completar para sí misma, por un accidente que la mataría años después. ¿O sí y no lo sabemos?

En el restaurante Chez Josephine, abierto en Nueva York por Jean Claude, el mayor de sus hijos, todavía hay americanos que preguntan si la dueña está a cargo de la cocina, pues quieren que esa noche sea muy especial. Muy, muy especial, recalcan, como si hubiera sido premeditadamente diseñada para ellos por el cosmos. Después reconocen la calidad de la comida, y ruegan poder ir a la cocina y hasta soportar sus calores y el español de los cocineros y fregones, con tal de conocer y saludar a Josephine, la dueña.

Phill se despierta, me mira con su expresión sorprendida. ¿Cuál es el origen de su sorpresa interminable? No entiendo nada. Me callo porque se ha colocado encima de mí con la dulzura y el cuidado usuales en él, revisa mis senos, los observa y los huele. Me mira. Una vez le aclaré que era negra, no de vidrio, y se rió como un bebote juguetón. Su expresión de asombro es adorable. Me uno a su ritmo, que no es suyo ni mío sino un baile con sabor a muerte. Una danza semejante a la del muerto que descendía sobre mi padrino de santo, al vibrante boniato adoptado por la Slick, a la digitación de Nina sobre el teclado, a la indestructible energía de Joe, a los giros de Mío y los derviches.

Mi danza con Phill acaba por alejar la vida y la muerte, al punto de que ambas parecen un juego, una broma de mal gusto, mentiras imprescindibles con un fin oculto y a la vez evidente, paradoja, exaltación infinita que imposibilita la continuación de nuestro letargo.

En tanto, la piel de Nina sigue cantando para nadie.

Otras obras del autor disponibles en amazon.com

MARIQUITA
Finalista del Concurso Novedades-Diana, México, 1993
Tres jóvenes y entrañables amigos ven cómo se truncan o se posponen sus aspiraciones a causa de sus preferencias sexuales. Los recuerdos de Emilito, fragmentos de su diario, y de las cartas y postales enviadas por Javy, junto con los títulos de las canciones de los Beatles y de sus versiones permitidas en español, forman el entramado de esta historia plena de erotismo.

HABANA SOTERRADA
Fresco de la vida gay cubana. Enos, el protagonista de esta novela, se empeña en fundar una relación estable, pero sus apetitos sexuales sobrepasan su deseo de estabilidad emocional. Con una mezcla de kitsch, lenguaje poético, escatología y citas del Budismo y la Cábala, el narrador describe la dicotomía entre la vida del protagonista y su búsqueda de paz interior, y al final, su experiencia al borde de la muerte.

TODAS LAS AUSENCIAS / Del exilio y otros raptos
Ely, esposa del «Padrino de Centro Habana», emprende la odisea de la salida de Cuba con su familia a inicios de los años ochenta. Por su hogar desfila un espectro casi completo de la psicología del cubano que ha decidido partir o no. Los matrimonios con expresos políticos, los meses del Mariel, la discriminación y la ignorancia que la acompaña, el oportunismo, la avaricia, la traición, el egoísmo, y además y por encima de todo, el implosivo amor familiar, la amistad entregada, la solidaridad, el desinterés auténtico, la espontaneidad y la interacción humana genuina.

LOS RIESGOS DEL NEÓFITO / Misceláneas afines
La paradoja viva de Tantra es el eje de este libro que, a través de poemas, artículos, cuentos y una novela corta, presenta diferentes ángulos de la condición humana. La pregunta siempre es la misma: ¿quiénes somos? Según Steve Harrison, quien ha reinterpretado la enseñanza de Tantra para la mente occidental, lo conceptual, que es separación, no puede responderla, porque somos la totalidad. El lenguaje, los sistemas de creencias ni la filosofía pueden describir el todo. Si despertamos y observamos la ilusión de los opuestos, colapsamos en la eterna totalidad. Entonces experimentamos lo que somos. Esa es la meta de Tantra.

MEMORIAS DE UNA BODEGA HABANERA

La Habana de finales de los 80, antesala del período especial, con sus riesgosas exposiciones de arte, sus derrumbes, sus navajazos y los primeros apagones cerca de L y 23. Una ruinosa bodega de El Vedado, melancólica aunque esperanzada, cuenta las historias de sus clientes: artistas, maestros, médicos, retirados y simples amas de casa que corren a comprar la sal atrasada y el jabón adicional en su mostrador. El maestro de inglés bajo asedio, el científico cansado de las reuniones que interrumpen sus investigaciones, los que desean sinceramente que las cosas mejoren, los oportunistas de siempre. Por encima de todo, un espíritu capaz de responder a los más terribles retos. Un mosaico de colores e intensidades: Cuba.

DESCARGUE CUANDO ACABE / Flush When Finished

Reinaldo Sands y Carlos, dos balseros, reciben un inesperado y caluroso recibimiento gay en South Beach. Reinaldo logrará su sueño de centralizar un programa radial de micrófono abierto. Carlos conocerá a su hermana, a quien la historia catalogará como la primera balsera cubana. Leda Johns, dentista, trasvesti y vedette, de personalidad impredecible como sus gustos, nunca confesará cómo logró mantener saludables durante la travesía a los descarrilados mulatos que la metieron en el ingenio náutico. El Anciano Mongo logra sortear con éxito el encuentro que propició inconscientemente entre su congregación religiosa y la balsera-estrella. El sueño redentor del religioso se cumplirá antes del final de los tiempos.

BAJO LAS OLAS / Tras las huellas brumosas de Marguerite Yourcenar

Corre el año 2038. Un profesor de francés que ha leído los documentos personales de Marguerite Yourcenar sellados por cincuenta años, visita Mount Desert, la hermosa isla donde vivió la escritora, y la ocasión es propicia para rememorar la conexión tan extraña como real que lo ató a ella, a quien sin embargo jamás conoció. La Yourcenar, por su parte, nos relata primordiales etapas de su existencia junto a su padre, Grace y Jerry, a quienes llamaba "los tres acordes más bellos de mi vida". Las voces de la escritora y del profesor forman un dueto que clama con urgencia por una interacción humana real, por la activa incorporación del otro como extensión del sí mismo, por la restitución de lo sagrado en nuestro diario vivir.